中国当代曲艺文学文库

中国当代西部文学文库

骊歌十二行

杨梓 著

黄河出版传媒集团
宁夏人民出版社

图书在版编目（CIP）数据

骊歌十二行 / 杨梓著. — 银川：宁夏人民出版社，
2011.12

（中国当代西部文学文库）

ISBN 978-7-227-05059-9

Ⅰ.①骊… Ⅱ.①杨… Ⅲ.①诗集—中国—当代
Ⅳ.①I227

中国版本图书馆 CIP 数据核字（2012）第 000129 号

中国当代西部文学文库——骊歌十二行　　　　　　杨梓　著

责任编辑　唐　晴　刘建英
封面设计　项思雨
责任印制　李宗妮

黄河出版传媒集团
宁夏人民出版社　　出版发行

地　　址　银川市北京东路 139 号出版大厦（750001）
网　　址　http://www.yrpubm.com
网上书店　http://www.hh-book.com
电子信箱　renminshe@yrpubm.com
邮购电话　0951-5044614
经　　销　全国新华书店
印刷装订　宁夏精捷彩色印务有限公司

开　本　720mm×980mm　1/16　　印　张　17　　字　数　250 千
印刷委托书号（宁）0008754　　　　　印　数　3500 册
版　次　2012 年 4 月第 1 版　　　　　印　次　2012 年 4 月第 1 次印刷
书　号　ISBN 978-7-227-05059-9/I·1293

定　　价　35.00 元

汉诗:世界诗歌的中心

（代序）

诗是最高形式的语言艺术，语言是诗的血肉，这就有别于音乐、美术和雕塑等艺术形式；诗的本质在于简约、节奏、意境等，这就有别于小说、散文和其他文本。诗是我们感受生活、观照世界、栖息灵魂的最佳方式，是自然美、人生美和艺术美的具体呈现，因而唤醒我们沉睡于世俗之中的心灵，使我们的天地更加蔚蓝、更加清澈、更加明亮。而承载这一神圣使命的就是语言，就是浅显而又深刻的诗性语言。

诗性语言是物象内心化、感觉具象化了的语言，是情思与具象融合的语言。不管是中国的寄情于景、动中有静、虚实结合，还是西方的"思想知觉化""抽象的肉感"，甚至是"扭断语法的脖子"，都是为了让普通的语言放射出诗性的光芒。就像孩子说出的话，"太阳跳得真高啊""我把月亮看扁了""电视黑了"等等，因为孩子的天性是自然的、淳朴的、诗意的，只是在成长的过程中，被教育成另外一种类型的人。更因为诗的语言是发自内心的，诗也就成了直指心灵的审美活动。

但各民族之间在语言上有着很大的差异，现仅以汉语与英文为例。

汉字是形音意三者合一，以意为本的表意文字；而英文的形音意并非合一，只是记录语音的符号，是以音为本的表音文字。汉语重意，是主观思想与客观事实的融合，讲究意义的指向；英文重形，不仅要意义贯通，而且形态必须对应，重视语法意义和逻辑关系。汉语以意统形，多是句内与句间的直接组合，缺少明显的衔接；英文以形统意，语法严谨，层次分明，很少歧义。汉语的结构是立体的、形象的、动态叙述的、实用性强的、突出话题的，注重思维的连贯，形散神聚，常以具体的形象表达抽象的内容，具有诗性语言的禀性，或者说汉字和汉语本身就具有诗意；而英文的结构是流线形的、符号化的、静态叙述的、多用虚词的、突出主语的，注重语义的连贯，衔接严谨，诉诸理性，具有科学性语言的特质。

思维创造了文字语言，文字语言又影响着思维方式。也可以说思维就是语言，语言就是思维，一种语言方式也就是一种思维方式。由于各民族的语言影响了各民族的思维方式，所以中西方的诗歌也有各自迥异的特点。

中国诗歌是以《诗经》为代表的抒情诗传统，是以日常生活为内容，通过个人瞬间的经验来表现普遍的象征意义，即"具体的共相"，是将日常生活诗意化、神圣化，具有形象性、音乐性、多义性、抒情性、朦胧性、象征性等特点。中国的诗歌就像国画，点到为止，讲究飞白，画内即有象外之象。中国有《格萨尔王》《玛纳斯》《江格尔》等少数民族英雄史诗，有史诗色彩的叙事诗，但没有达到西方史诗长度的汉语史诗文本。在中国诗人的心目中，史诗是故事或者小说。

而西方诗歌是以"荷马史诗"为代表的史诗传统，是以神话生活为内容，把客体与个人的感情予以分离，对客体之间纷纭复杂的关系进行分析，从宏观的角度表现"客体的全部"，是将神话世界生活化、世俗化。西方的诗歌就像油画，画得很满，不留空白，象外之象在画外。《伊利亚特》《变形记》《熙德之歌》《神曲》《罗兰之歌》《失乐园》等史诗文本，重在叙事，缺乏抒情。

不管是"具体的共相"还是"客体的全部"，不管是中西方思维方式和语言文字的迥异，还是诗人创作手法和结构方式的不同，但都成就过伟大的诗人，只是受众不同而已。中国古典诗歌具有传诵性、普遍性和民间性，而西方诗歌则高高在上，与神学、哲学比肩。所以在创作上应继承中国古典诗歌的优秀传统，继承诗歌之所以是诗歌而非其他的本质元素；在研究上应借鉴西方诗学体系，构建一套完整的中国诗学，并使其成为一门学科，成为中华民族精神的高度，从而引领中国文学繁荣和文化发展的同时，向高向上独具品位、境界和思想。

是的，诗是最美的艺术之一，存在于词语与词语、诗行与诗行的空白之中，可以感觉却言说不清，可以理解却解释不透。比如"感时花溅泪，恨别鸟惊心"，此时的感伤已由花朵飞溅泪水而表达，是源于境由心造的思想。我不认同"唯物"也不认同"唯心"，关键是不认同"唯"的这一是是非非、非此即彼、你死我活的极端或者绝对，因为世界不仅仅只有两面，诗中的物与心不非二元对立，而是物我两忘的一元融合。我们把这句诗解释为"感伤时看见花也在流泪，痛恨亲人离别连鸟鸣都很惊心"，这样便失去了原诗的简约、节奏和味道，并使我们感受不到原诗的一元之境。是的，诗与美术、音乐不同，在翻译过程中丢失的一部分正是诗歌。

纵览中国现代诗歌发展史，不能不反思白话文运动。白话文运动是中国文化史上的一次巨变，也是中国文学的一次革命，新诗因此而诞生。但"废除孔学，全盘西化"只是一味破除而无些许建树，连承载中国文化载体的汉字也差点被废，使中国文化出现断层，传统道德遭受质疑，金钱财富成为信仰；而诗歌的传统也几近断裂，加之网络的推波助澜，使新诗直接发展成为目前的"口水诗"。

从翻译的角度来考察，唐诗宋词与现代汉诗都有佳作，但唐诗宋词很难翻译成现代汉语，更无法翻译为其他文字，就像魏庆之所说"看诗不须着意去里面分解，但是平平地涵泳自好"。而现代汉诗可以翻译成任何文字，但还能"平平地涵泳"吗？所以把中国古典诗词译为现代汉语、英文或其他语言都是一种毁灭，甚至是亵渎。那么被毁灭的又是什么呢？正是诗歌，是诗歌本质的元素，比如感觉、意象、韵味等等。

把汉诗译为其他任何文字，其诗意都会被削弱，这使我们反过来认识到汉字所独具的特点、品质和魅力；而其他语言的诗歌被译为汉文，我们从中能感到其民族的特点，感到与中国诗歌相异的内容和形式，当然也因汉语本身所具有的诗性为其增光添彩。

对中国诗歌的发展也需要反思。从《诗经》到唐诗，中国诗歌的发展达到鼎盛，之后与其说中国诗歌在发展，倒不如说是在倒退或者说在远离诗本身，从宋词到元曲，从白话诗到"口水诗"，翻译的难度一再降低，而被不断消解的不仅仅是诗歌的意境，还有中国的味道、汉字的魅力和诗人的品格。

不是中国诗歌要走向世界，而是中国诗歌本来就是世界的中心，尤其是古典诗词为世界树立了高不可攀的标杆，这是由于汉语的特点和诗歌的本性所决定的。世界上再没有任何一种文字，能像汉字这样具有诗意，作为一个用汉语创作的诗人应该感到自豪。多少外国诗人从中国古典诗词中取到真经，而中国诗人却依然深受白话文运动的影响，置古典诗词于不顾，崇洋媚外，双眼盯着"诺贝尔奖"。

"诺贝尔奖"不是中国诗人的目标，中国诗人的目标只有一个，就是回归古典，回归自然，回归内心，真正写出无愧于历史、祖国和民族的作品。

（本文系作者于 2011 年 5 月为第三届青海湖国际诗歌节"国际交流背景下各民族语言的差异性和诗歌翻译的创造性"主题所撰写的论文）

目录

卷二 独在异乡

卷一　以梦为乡

往事如烟(6首)

门的变迁

今天　你请我去
我正要敲门
面对漆黑的防盗门
差点从楼梯失足跌下

昨天　我去找你
玫瑰色的木板门
装有三保险的暗锁
你打开后总要笑着说　快进来

前天　你带我去
绿色的篱笆门　一推即开
我们用课本叠成纸船与飞机
撒尿和泥　捏着同一个自己

小鸟飞过

在黄昏的小屋里
我品尝着残冬的味道
胸怀你火炉一般的芳名
反刍稀疏的往事

一只小鸟从窗户飞进

碰到另一扇的玻璃
我赶紧打开窗户　小鸟来了又去
留下一根羽毛和几声鸣叫

只因小鸟的突然造访
我这一天才有点意思
不管小鸟是因为寒冷还是其他
但都启示我去敲你的窗

想念与猫

仅仅因为想你
我常常失眠
还有夜猫那婴儿般的啼哭

渐渐习惯了
在想你与猫的叫声中
一觉睡到铃响

今夜　我想你如故
只是猫叫未至
我在睡与非睡之间被紧紧夹住

分不清是眠是醒
听不清猫叫的声音
甚至想不起你相貌　声音和芳名

河与桥

很多朋友从眼前走过

来自南方的你
在心里出出进进
我是你随手关门的房间

你和我太近了　我渡过一条河
我和你太远了　你想架一座桥
用了很长的时间架好了桥
我们都想拆掉

只有桌上的烟灰缸依然如故
见证了我们的燃烧　抛弃和远去
只是不知道谁成了仙
谁坠入风尘

一段路程

一只麻雀是树上唯一的叶子
更是我痴痴的等候
透过空寂的树隙　冬天已碎
碎玻璃般的小路闪现无数个太阳

我曾在路上追过一个女孩
也被另一个女孩追过
更多的女孩擦肩而过
有的回头一笑有的不屑一顾

那时的故事便是一条拥挤的小道
一段连着一段　甚至还有歧途
只是每一段都像一场梦
梦醒了　心也空了

画像

给你画像的念头
又从墙上生长出来
墙皮　是你清白的暗示
被我一把揭穿
排列亲密的砖石
生硬地扭动并且吱吱作响

墙　向我倾倒
无比生动地穿过了你
仿佛一只老鼠逃离洞穴
咬得白昼流出黑色的血
像没有画成　而我看见你
弃我而去的全部过程

到处寻找（6首）

鞭炮

一直不敢向你表白
我沉默了所有的节日
今宵　一朵紫花开在酒上
是你比天堂还蓝的眼睛
比泉水还柔的话语
比白玉还凉的手

不管你能否看见我憔悴的脸
听见我急切的呼唤
理解我思念的每时每刻
今宵　我就站在你的门外点燃自己
即使打动不了你的芳心
我也要喊破苍天　红遍大地

城堡

当我在城外偶然一睹你晾晒的忧愁
就爬上这棵最高的树
把眼睛伸进院里　洗你海蓝色的窗

数不清的落叶都是日子
群雁飞出晚秋　我的期待屹立成林
寒风吹过　我是树上唯一的悬念

冬天如约　我在你的窗上画满冰花
杨树已老　断枝于墙头
我是一幅破旧的画　贴于墙外

住在城里的你是否怅然如昨
我想你会知道　那个不敢进城的浪子
一瘸一拐地走向远方

孤行

我曾带着一幅心底的玉照
以为你在黄河以西的一个山村
而坎坷上路　到处寻找
只是希望出现奇迹　再次相遇

我被路人挤到荒漠
任凭时光缠绕昏黄的视线
任凭苍白的借口垂向裂谷
任凭孤独在血液里风起云涌

没有你的名字和地址
连天空都万里无云
却有一朵雪花打湿远足
把我的思念传染给了丝绸之路

话语

单位说你不在　手机一直关机
公寓电话竟然成了空号
我怎么被你丢在这个冬季里

在两个相距遥远的城市
电话是我们唯一相见的地方
那座城市因为有你　我才有点喜欢

我想问你过得可好　是否把我想起
你的话语是世上最好听的声音
整整一年　我都病在等待里

回忆着你的语气　多少次与你通话
惊醒后只有漆黑　寒冷和寂静
我要去找你　哪怕一见面就爱上你

读信

一片青青的芳草地
在雪花飘飞的北国展开
我打开栅栏
放出大片大片的羊

几多春夏秋冬
从一枚树叶上走来走去
芳草被羊吃掉一茬
又嫩绿一片

羊群因草而茁壮了许多
我却日渐清瘦
呆呆地守着草地
遥想南方的一幅照片

坟头树

你太美太迷人了
我才一次次错失良缘
你似乎飘过我为你斑白的头顶
没有把你的倩影留住
我仿佛去过你同样孤寂的窗前
不敢把你的泪滴轻轻啜饮

一阵一阵只为你激动
伸手去摸　只有梦醒身边
一个暗示徐徐展现
只有当我悄悄离去
你才会如树降生
生长于我荒凉的坟头

第五个季节(8首)

渡船

你一身白衣　站在渡船的栏边
望着我　湖蓝色的眼里
恰是恋人分别时的那种深情
你的娇羞使我的心怦怦直跳

我不知道自己在码头站了多久
跑向渡船时差点掉进黄河
你有着一种奇花异卉的美
挥舞纤手的姿态无比优雅

我恍然大悟什么叫一见钟情
不忍再看渡船越来越远
遂将眼睛一闭　把你的倩影
锁在心的最底层

雪人

在这个最严寒的季节
我独坐小屋　守着火炉
觉得你披着长发
梦幻般飘舞于我的身后

弯弯曲曲的叹息

如回荡不绝的轻音乐
我却不敢回首
只盯着墙上笨拙的自画像

直到关了淡蓝色的南窗
你正是我冻红双手堆成的雪人
在我生命的十字路口
亭亭玉立　微微含笑

日记

给别人让了路
自己就无路可走
我默默地返回小屋
打开尘封已久的红皮日记

你的白帆船搁浅于从前
一句句问候是扑面的浪花
是船就得驶向大海
而我依然选择流浪

为了一片大漠上的绿洲
独自开始一次心灵的跋涉
可我刚刚上路
就被泪水碰断目光

门扉

你仿佛在山间的枫树上
孤独而芬芳地红着

又好像用天空的琴弦
弹奏着海蓝色的乐章

一股久违的清风
沁入我九死一生的肺腑
我终于走出炎热的大漠
反被自己的旧草帽挡住去路

跋涉萎缩于行囊
我用头颅抬起沉重的黑夜
只见你的门扉透出亮光
我心如风沙似雪

明眸

雨还在下着
你的花雨伞丢失于晴天
长满故事的花径依然悠长
我捡起一个不会生锈的日子

锁入暗室　把钥匙扔向从前
惊起一片蛙鸣
黄昏时分　我故意碰断你的目光
才看清你的明眸

那里有火山的燃烧　湖水的清澈
有山谷的深沉　天空的辽远
有太阳的光芒　月光的明亮
可你说　那里面只有我

雕像

星星关上了窗棂

月牙儿剪取了一抹云影

垂柳撑起一把多情的伞

时间从此消失　天地在此融合

常春藤缠绵着常青树

天鹅湖畔爱影重叠

七色的泪珠里跳出一朵朵羞涩

你延伸着我的思绪　我伸展了你的目光

你说　你要去寻找太阳

我说　我要去追赶太阳

我们相背而坐　你送我的一串念珠

在我胸前悬挂至今

海浪

拄着粗糙而潮湿的目光

我穿过阑珊疏影

凭吊那段不朽的情结

林涛　一片一片地稀释着月色

在路边的一块石头上

注解你不尽的长吁短叹

所有的树叶都在为你缤纷

我的玫瑰花环依偎着期待

一只满载暗香的小舟

中国当代西部文学文库

驶进我的脑海
我看见你在翻卷的浪尖上
跳着一种原始的舞蹈

钥匙

雪没有来　北国而西的残冬
便是一次漫长的分别
盼不到春风绿岸　而信还在路上
我推开寒窗

应该还有一次相遇啊
我把你当作未来锁进记忆
让目光缠住仅有的一枚树叶
所有的枝干都渗出相思的泪

轻轻叩响脑门
心灵的门窗早已关闭
沿着皱纹　我用渴望撬开自己
里面只有一把闪光的钥匙

致小水鸟（9首）

新芽

点燃香烟方知黑暗的无边无际
听不见花朵放出的乐声
雨变成了冰　只因你去了东方
我在最寒冷的一角体验着生命的况味

想让东风把自己吹散
我便是铺天盖地的落英
想着你娇美如荷的脸
任何话语都是多余

我只好闭上眼睛
却见荒原上一棵即将枯死的树
只因一滴泪水而发出新芽
奇异的芬芳将我埋葬

芦花

我沉默得太久
死一般蜷曲于遗忘的角落
冷的时候把头埋进心房
偷取心上人的春天

鸟儿衔走了所有的秋日

中国当代西部文学文库

留给我的全是遗憾的霜
我踩着薄冰　在一个月光朦胧的夜晚
为你摘了一束芦花

一束象征冬天的花
却割破了我的手指
被血染红的芦花
比玫瑰更加鲜艳而凄美

独舞

黄米色的月穿过南窗的槐树
轻轻又轻地飘进小屋
我感到夜的长发忧伤四溢
墙上波动的船影都是你的叮咛

你去了远方　我立于原地并且下陷
目光寸断　流出血一样的泪
打湿夏日的长衫
我是你唯一的翅膀碎在归途

没有雨的夜晚感受不到爱的滋味
让所有的痛苦与幸福都如雨淅沥
让所有的乐曲都在心底响起
我跟随雨点的节奏　为你独舞

素笺

虽是夏日的小雨却跳跃着秋的啼唱
我独伫窗前　瘦瘦地穿越自己

遥望那片无雨的天涯
仿佛一幅水墨画　含蓄而且苍凉

喧闹鲜亮但我惆怅若古
在渐浓渐重的暮色中红叶纷落
我烈火中的相思连起一条长河
连起远方的你　还有南行的风

油画的夜一笔一画地加深
所有的色彩被涂成一片荒凉
我拧亮第一颗昏星　抱起你的一沓素笺
潜入最深最沉的音乐　想你

秋叶

每天都在等待你迟迟未至的信
从黎明到黄昏
只有失望从房门涌入
如冷冷的石头堆满小屋

没有你的爱语
我靠着烛光把点点秋泪——倒数
数不清的时候
叠一艘纸船任其漂泊

我想忘掉你原来是一直在想你
你是否知道
独挂枝头的不是秋叶
而是我守望的灯

故地

为等你的到来　我的千万种猜测
都成了飘着雪花的失眠
只好让一缕情丝系你于每一个时辰
令我频频回首

没有梦的生活才是真正的一无所有
我曾穷困潦倒可我从不乞讨
在结满果子的秋天　晚风鸣钟
我走到了流浪的尽头

静夜　如绳如索
把我捆绑在你坐过的地方
有落叶飞舞　哪怕没有你的书信
我的生命深处依然有你

融化

不是你在我的梦里徘徊
是我一直把你放在心间
你披着秀发　穿着洁白的连衣裙
你的眼角晶莹着整整一个冬季

于是　我写那些别离与相逢
画许多屹立于海滩的家
直到我热血将尽
你才像小水鸟一样栖于发丛

你融化了我的孤独

我吻了你鲜红的心
有了爱情
我却不会抒写爱情

习惯

相互的依恋已成一种习惯
我们终于相逢在烛光的一角
我们举起酒杯　不问苍天
只问各自近来可好

四目相对　火花飞溅
心　被焊在一起
一两杯淡酒泼掉便是
不管映红东方还是西域

我们望着红烛　守着一方幽静
可相聚的时刻总是太短
那就留长你的秀发
这就常留我的胡须

望雪

有了你　我便有了一切
这是我们相拥的第一个冬天
我们守着海的诺言
透过玫瑰色的窗　望雪

你盼了很久
雪来了　你却想哭

中国当代西部文学文库

你在雪中小立　雪在你手中融化
我捧起你的脸　也捧起一片湿润

雪　还在飘着
你用心织成的毛衣　暖我
我用红灯笼的纱巾　罩你
一只小水鸟飞进我的组诗

骊歌十二行

开花的南山（6首）

米兰

弥漫着炊烟的风里
飘来一缕久违的幽香
让我想起那个步履生花的女孩

她穿着淡绿色的裙子姗姗而来
我猛地向前跑去
差点撞到别人身上

没有女孩的踪影
只有一盆米兰站在路边
开着黄米一样的花

那个十八年前的女孩
来自很远很远的地方
发丛里散发着米兰的幽香

无名花

望着一束野花开在陶瓶中
野棉花　喇叭花相继枯萎
唯有一束紫色的无名花依然鲜艳
我轻轻地摸了一下
才知叶子和花朵早已干透

中国当代西部文学文库

但没有一个花瓣凋落下来

无名花　以不谢的花瓣
怀念着暗香浮动的花期
无名花　以不褪的紫色
珍惜着心灵深处的天空
我沉醉在党项的传说故事里
做梦都在喝水

叶子

曾经的杨花落在哪里
白杨树的叶子旋转着小小的身子
缓缓落下而露出金黄的背面
把正面的斑点深深隐藏

风中摇曳的叶子唱着儿歌
在阳光和雨露中长大
始终面带绿色的笑意
送走一片片岁月的风尘

离树最远的叶子首先感到寒冷
把伤口留在枝头　把金秋铺满大地
浑身疼痛的不是叶子
是望着叶子飘落的我

南山莲

当我终于跨越死亡
一种行云流水的力量顿时胀满全身

坚强了我目光触及的一切景物
还有过去与现在的是是非非

南山　生命的依靠
泉边的草丛私语如吻
雀鸣纷纷滴落　偶尔挂于花瓣
令人想起海的眼睛

夏日　乳白了另一片蓝天
我来到莲花池边默问自己
为什么绿色的花茎
会开出纯白的花朵

向日葵

荒地　裂成无血的伤口
爷爷不会缝补天地
他从老式的箱子搜出几粒从前的种子
种进夏天

于是　爷爷搭起一座草棚
日夜守护着每一株尚未破土的幼苗
纵然有暴风之狼扑来
他也稳如南山　拒其于外

所有的作物都一片一片地枯了
唯有爷爷的向日葵依旧金黄
人们珍藏了种子
也珍藏了爷爷守望的太阳

中国当代西部文学文库

杏子

在南山之东　有一片很老的杏林
从青到黄地丰富着小村的日子
只缘爷爷住在遗忘深处
抚慰着每一片鸟鸣

我不敢走进杏林
想起那尊立成石碑的脚印
注视今年最后的一枚杏子
在我的手上红得楚楚动人

如一个婴儿的脸凝聚了所有的未来
我捧着这枚杏子走向西部
我第一次感到
爷爷那只三条腿的狗尾随身后

大荒蔓延(8首)

荒路

我走进一片荒野
感到一种空旷的力
在石头的声响中辐射
脚印昭示错误的又一次开始
只因那个太阳之卵已经破裂
我成为荒野唯一的路

在荒野上行走就是疼痛
荆棘上流淌着鲜血
倾听影子的潮汐　秋风吹过
探险的梦上附满灰尘
我的心里一片荒凉
荒野上风声鹤唳

拓荒

一群开拓者走进荒野
他们的脸把风凝固
将枯枝与泥土相融
点燃野草　让草木背向伤口
沿着黎明的狼血深入空谷
创造出果实的往事之火

中国当代西部文学文库

他们把根扎进大地　把旗树向天空
让锋利的钢　让流火的铁
在古老的荒野上飞翔
在残月的梦里给荒野涂上疾病
阳光　融入遥远的童年
历史的钟声久久回荡

逃荒

逃出死亡的夹缝
我才挺直爬满秋霜的呼吸
以及蜷缩如犬的目光
乘天风之波　沿岁月之河
没有任何形式的告别
只向心底的荒野悄然隐退

这是最后的荒野　苍鹰滑翔着
滑过酸枣刺上的干旱
接近荒野　如同用爱伤害一位少女
我绕过敏感的夏日
带着横空出世的足音
向雪山迈出最大的一步

草荒

那片草原成为病历
我在绿色之外看阴云浮动
常常深入自己　游牧昔日的羊群
呼吸鞭梢上的风声
把小溪抱在怀里　弹一曲不尽的失眠

那个找不到的梦就这样绿在远方

又一片草原被耕得支离破碎
每一道犁痕只长昏暗的剧痛
我的泪流不到那里就已干涸
所有的种子都在土里沉默如金
最后的牛羊被野餐
只留下一片荒凉

荒蔓

所有的空闲的偏僻之地
洒满星星之壳的河滩
以及想象之中的处女地
都被贪婪的日子所开垦
没有一方草木葱茏的空白
留给孩子和未来

尽管如此　依然有人打着旗幡
从都市的风云之家出发
涌向田园的心脏
奔向草原的深处
走向山河的尽头
荒野从一点开始　如火蔓延

田荒

青山被铲平　种上森林般的烟囱
田地和果园被一叶叶地蚕食
唯一的孔雀湖被山石填平

中国当代西部文学文库

一个超级市场拔地而起
在市场的大潮中
我的家乡变为城镇

我望着光秃秃的假山
在疼痛与麻木之间想起从前
当年　小麦为我溢出恬静的绿
白杨树上的雀鸣为我来回飘荡
牛羊在草滩上追逐着我的牧歌
我在月光下写了一封情书

原荒

我在草甸上穿行
鹰在不落的云中穿行
风在干旱的晚霞里穿行
我碰倒一棵小草
鹰投下一片纯粹的死寂
风守着泥土的梦

我在草甸上走出小路
车在草甸上榨干草根
羊在草甸成为都市的野炊
一夜之间　帐篷顶起融入自然的梦
酒瓶　塑料和脚印覆盖了宁静
烟给草甸戴上草帽

心荒

绿色在燃烧　荒野在蔓延

大地龟裂而又隆起一座座山丘
黄昏之碑闪烁着血色的故事
立成明天的怀念之林
乌鸦　用黑亮的鸣叫
守护着天堂和地狱的门

荒凉还在蔓延
一双双大手掠过城镇与乡村
所有的一切都是为了物质
而不顾心灵的安危
我茫然四顾
身在异乡　心在别处

墙与玫瑰

一

秋风荡过小镇　冬季盛开
我的最后一朵玫瑰成为西北风的家园
闪烁着日月的碎片
羞涩满天　夜的羽翼抚摸着稻田

所有的人们都开始经营
一座孤独而辉煌的宫殿
墙体纷纷崛起　仿佛音乐舒展的预言
重现夏日的晨露与阳光

我面对墙的躯体
石隙与门缝之间黑色的唇
让梦幻与现实脉脉相望
让喧哗与宁静在此相融

二

感冒的墙　芬芳如是
充满了白杨树的斑驳
一块万年之石　一道盲者的栅栏
一扇被风干的窗都凝聚着渴望的冰花

狼一样的霓虹灯

放大着虚空的形象与声音
广告　无声的敌人
在生命的废墟上亭亭玉立

模特儿的吻从电视之夜飘来
我看见小镇的白骨在铜味中长出新芽
你告诉我春天来了　一切都在萌发
唯独我被窒息

三

墙在繁殖　砌入我墙中的你
已经穿越了你空白的脸
居住于你的芳名之中
消逝于我的你之外

我要选择一方风水
调整我上空的云
不再走进古人之梦重温你的红晕
不再跌入万丈之渊表现我的情意

为了给墙一个属于自己的秘密
我们必须认真地被创伤一次
现在　你可以叩响回音之壁
我在玫瑰的城堡之外呼唤玫瑰的你

四

明天　被你提前支出
日子的山峦投入海洋

希望与失望结伴而来
渗透到我沉落的前程里

悬于黑与白之间的我
坐在土坏中的我
正在给叹息涂彩上色的我
用半截烟头照亮感觉的一角

你的向日葵深陷墙中
我的茶杯上一叶白帆冉冉升起
一缕幽光洞穿深厚的岁月
我感到你是精神世界的中心

五

在我的小镇上　在我砌的墙里
让我把你关闭
让我从墙壁移到你的影子上
让我成为你最遥远的驿站

在你的孤岛上
在信笺砌成的小巧玲珑的闺房里
住着我的玫瑰　梦想和未来
海的音符为你翻飞　春的雨露为你飘落

我把时间定在 1 月 10 日 13 时 04 分
把呼吸塑成一座雕像
把想象砌入你的墙里
我是一杯红酒等你品尝

六

然而　地平线上的青铜之风
冲向你粉红色的防线
大地剧烈颤抖　天空碎成瓦片
你的自画像倒向玫瑰的墓丛

我沿着崩溃的水　裸着思想的力
点燃小镇唯一的历史之火
焚烧你我的衣衫与皮肤
以及我们难忘的日子和地方

出没于焰火的巨鸟
背负起情感与理智的雷电
我们不再砌墙　让最初的玫瑰的芳香
在心与心之间自由飘荡

水寨之恋

一

在我的世界里
没有糖醋茶酒也没有其他
只剩下淡淡的水
水成为我生活的全部
在我居住的榆钱般的水寨
在没有云雨霜雪的日子里
我立于水的大地凝视水的天空回顾水的往事
从头到尾还是水的味道
在没有梦幻爱情向往的岁月里
我习惯了淡淡地活着
直到淡淡地死去
都是水一样的简单

二

在这个什么都消费或者被消费的季节
早已没有令我激动的一分一秒了
可我仍然整天整夜地等待
一阵轻盈的步履一个透亮的微笑一段缠绵的恋情
等到现在
我的上下左右前后里外还是水的等待
拥抱一片天空或者亲吻一方土地
都是水的无味

不再兴奋不再战栗不再疯狂
谁能销我之魂
是天使还是魔鬼
反正爱的酸甜苦辣被水取代

三

在水寨的另一端你已被水漂白
连同那些长于迷惘的日子
你撕去一页日历直到撕去一年的日历
都是水的感觉
是水白了你茂密的发可爱的眉不安分的游灵
你习惯了不死不活地活着
透明而清亮美丽而妩媚多情而迷人的眼睛
水一样没有颜色
你分不清昼与夜红与绿了
见到的人们不存在红润与苍白谈不上爱恋与仇恨
都是水一样的颜色
在你眼睛里整个世界都是水的颜色

四

在没有晚霞浮动的黄昏里
在没有绿色点缀的荒滩上
我们倾听流淌的水声
跌下悬崖或穿越平地的水
咆哮于天或荡漾于地的水
我们听见的都是一种声音
骏马奔驰或机器运转或狂风怒吼或被人辱骂

我们听见的都是水的声音

一切声音都是一种声音

我们心灵的呼唤被无声地淹没

水氧化了人

人还原为水

五

在榆钱般的水寨

你心中的他与我爱着的她都生活于春秋之外

他们习惯了不冷不热地折磨我们

他们感觉不到阳光的温暖冰雪的严寒

他们不知道疼痛与疾病也不懂什么是孤独与快乐

他们是另一种水

你想给他一块冰把他冷淡

我想给她一团火把她点燃

可他们都没有任何反应

依旧安居于我们的苦难之中

他们是一滴不冷不热的水

像我们理想的神

六

在水寨的两端

我们要改变这种生活

让我们从零开始

或者幸福或者更加痛苦或者新生或者走向死亡

我想被水烫一次

你想被水冰一回

我们要听一次水声哪怕是洪水灭顶

我要喝一口有味道的水哪怕是尿

你要看一眼有颜色的水哪怕是血

我们都非常想死一次哪怕做鬼

无忧无虑于天地之间

活出独立的品格自由的精神和真正的味道

七

就让我们创造一个奇迹吧

我们活不到一起总可以死到一起吧

我们无法选择生日总可以选择一个死日吧

用我们壮烈的死

给世界增添一点味道一样颜色一种声音

就这样在4月2日1时

在水寨边缘的一间小屋

我们割破了各自的血管静静地等待着

我终于尝到了你泪的咸涩

你终于看见了我血的鲜红

我们都听见了绝望的呻吟

都感到了身体的渐渐冰凉

八

突然我们听到一种笛音

就像我们永不分开的游魂

从天外轻轻飘来

没有味道也是一种味道

没有颜色便是全部的色彩

一种声音就是美妙的天籁
不冷不热正是春天的来临
我们恍然醒悟
可现在怎么办呢
你有气无力地说
亲爱的快喊救命
我说咱们一起大喊

水域

一

让我平静下来注视这片浩渺的水域
让我在水里触摸你黄昏的脸
让你在我的热血里倾听纯金之铃
我们一起感受遍布环宇的生命之雨
时间被水切成渔网
鸟鸣以外的声音淹没鸟鸣

每一块月光的石头
都蒸发着最深刻的饥饿
我的躯体之树开始霉烂
唯一的灵魂之叶飘浮于水面
我根本的家化为泥沙逐水而去
残存的思想沉于水底

二

这是一座被水围困的城
一座再三重复的黑铁之域
树梢犹如黑色的蛇
楼群之顶栖满乌鸦
街道上的足迹向上飘浮
人们在夜的水底击石取火

天空陷入水里
月牙的小舟载满啼哭
我于某一种微醉的噩梦里
嗅到死神滑翔的气息
水成为一堵永久的钢铁长城
我们无话可说无泪可流无梦可做

三

水　已涨到极致
狂风随陆地下沉
太阳终于抬起头颅
把光辉洒在没有倒影的水面
水上是一汪深沉的睡眠
水下是一片骚动的繁忙

大鱼吃掉小鱼
饿狼叼走尚未满月的婴儿
所有的呼吸都断裂于冥冥之中
火焰自岩隙喷出　黑烟从水底腾起
把水还原为金
便是小城最伟大的使命

四

然而　水如地狱
依然挤压着贫血的声音
无形的嘴依然吮吸着残血
我的肢体被咬得千孔百疮

只有你眸子的黑海
还放射着一线光波

你感到我的心还能微弱跳动
就偷偷地告诉我　一直向西
去寻找我们的家园
那里有一座草木葱茏的山
是的　你的吻在水中飞翔
目光却缠住了我的千里之行

五

我向西而去　朝拜神圣的西山
水向东而流　席卷着花草树木的尸体
面对滔天之浪　我把双手钉进岩石
攀上秃鹰之崖　我叩击高昂的头颅
一根一根地抽出目光
洞穿广袤的滚滚红尘

我在大河上下
游过了一百零八道河湾
经历了九九八十一次磨难
我感觉到自己沦丧的感觉与水相融
想象中的精神家园
在高大而肃穆的西山伫立如佛

六

我仿佛幸免于难
木鱼之声如我呐喊

中国当代西部文学文库

一炷香火升起我的祈愿

我在白马的墓园长跪不起

只缘西山与西风正在燃烧

苍穹噼啪作响　地火涌出山巅

铜山银山金山都化成了水

雷电般奔向东方　只留下一片无涯的废墟

曾经原始而神奇的西山

曾经冰雪覆盖雪莲怒放的西山

曾经百鸟齐鸣佛光普照的西山

已被足迹污染　世界失去最后一块净地

七

此时　我最需要的只是平静

在高深而悠远的平静之中

回想一下那段恋情的刻骨铭心

再望一回遥远的东方

整理一下自己头发　衣着和留言

再看一眼苍白的太阳

上天无路入地无门的我

带着目空一切的孤傲

留下视死如归的坦荡

走进西部的熊熊烈火

让火洗净自己的灵魂

让心重塑一座信仰的西山

浪迹在野

一

不要问我为何匆匆赶路
一切都是徒劳的行走
我哭别故园的黄昏正是大地爆裂之际
穿过没有阳光浮动的杏林
杏子都黄给了曾经
我紧握老人的长鞭匆匆赶路

路　扑入怀中的恋人
随即又在前方闪烁
成为我最人间的诱惑
还有梦中那个伟大的暗示
死死地牵引着我　即或稍停片刻
心便不辞而别

二

我的路上没有别人
大雁只在天外蓝蓝地唱着
离开故土只过了一个瞬间
西山之脚已经深入我凸起的乡思
仅仅仰望一眼　所有的感觉
都断裂于黑似地狱的山峡

一块空碑堵截了我上山的脚步
我重重地闭上眼睛
一任目光穿透后脑放纵地回望
走过的路竟是一座座山头
虽然不高确是一片翠绿
乳房般的南山高耸入云

三

从南山而来　我一路餐风饮露
途经太阳升起的地方
依旧是一身苍茫　两手空旷
忧伤成古诗中的风
在瓦釜雷鸣的萧瑟里含着旷世的幽怨
在悲雨的流浪中带着永不屈服的希求

西山无路也无草木
但我知道山顶有间迷人的红房子
住着一位永恒的恋人
我向那里而去　我知道
当我登上山巅走进房子
也就跌入山下的墓穴深处

四

大门在水下启开抑或关闭
吞吐涌向十字码头的火炬
面对无数生灵堆积的岛
一个部族在流血　我在为谁流亡
在充满迷梦的现代荒原

我没有食物　棉衣和家园

向西　我依旧是一朵伤痕累累的云
在真情的飓风中翱翔
在凄鹤唳天的荒野上小憩
风啊　请让我落到那座还在歌唱的茅屋上
让我卸下冰一样的疲劳
让内心的阳光穿透前途

五

当我来到房前　就徘徊于门外
我知道门里是一个奇妙的灵地
那里的泥土可以充饥
树上长满花花绿绿的衣衫
荷花开遍所有的石头
彩云如鸟　人们秉烛起舞

我曾潜入蝴蝶的梦中
依傍日月之气　倾听千里之外的鸣叫
也曾迷途于一个不凡的水寨
一个生命与死亡拥吻的复活之地
心　确在等待一个温馨如春的家
从地平线上冉冉升起

六

唯一的愿望依旧让我妄想
我捧起古典哲人的头骨
行云流水的琴声漫天飞舞

谁会走出大门　吻我干裂如火的双唇
扶我跨过人生的门槛
长长的绿荫小径伸向宫殿

一切都不曾开始就面临结束
我还在门前　把钟声抛向西山
唤来哀丝豪竹的碎影
在时间的夹缝里化为凤凰
随桑林舞曲　环擎天之柱
唯我独尊地巡游三界

七

流浪汉的家除了子宫就是坟墓
在这凄苦的秋夜
荒风掠过　鹊桥已断
寺院的残壁上　一幅阴阳的合体
放射着图腾的未来之光
晓立于前猛觉我在画中

我翻遍山川已是天荒地老
雪峰的头颅荒芜如坟
滚滚浓烟舔着无泪的云
我从门与门之间侥幸通过
仿佛有一朵芙蓉露出水面
绽放出漫无边际的温柔

八

踯躅于阳光之外

水中的火焰开始泛滥
我精心铸就的一身正气
坍塌于辉煌的狼烟之中
灰烬上飘荡着日月星辰的凝视
苍天低垂双手　大地裂成红唇

我在生命的边缘久久徘徊
内心珍藏着无限蔚蓝的海洋
我靠着一棵被伐的大树
看见向天国流失的飞翔仍在继续
祭祀的白纱音乐般垂向诺亚方舟
村头的白杨如梦似幻

自然之泪

一

那年的雪已经冻成煤块
期望着新的焚烧
我用理想塑造的雪人
早已穿上灰尘的棉衣
在我心中储存的玉照
渐渐褪色而且发黄直到蒙受冤屈

我曾居住过的碎月阁
已被沉甸甸的冰雹压塌
倒塌于令我蓦然回首的秋波之上
现在　我呼吸的不是气体
更不是我赖以生存的风
而是不溶于任何液体的灰尘

二

一座行走的城市
走向飘扬的鸟鸣　羊咩和牛哞
收割了田间的果实
把泉水装进瓶子
把空气压缩存贮
连阳光也被席卷

骊歌十二行

犬吠声声　敲打着晨昏
树木露出伤口　呼唤西风
荒芜扩大　旱季提前到来
天空无云　灰头土脸的人们
只为找水一个个钻进土里
我等了半天　没有见到出来的人

三

我被紧锁的门和漆黑的墙围困
被烟城和雾都囚禁
我正在失去自己的蓝天和阳光
我患有鼻炎咽喉炎和气管炎的身体
承受着日积月累的污染
我畸形的喊声穿越时空

我要逃跑　却逃到了另一个世界
一把闪着寒光的刀
划破我的皮肤　打开胸腔
节律性跳动的心脏伤痕累累
树枝般的气管附满尘埃
我被原封不动地关闭

四

然而　我仍然要大声呐喊
像一头奔跑于大街上的狼
不忍目睹小白鸽滑入下水之道
狗的牙齿从铜钱中穿过
来自远山的小白兔

浓妆艳抹地病死于小巷深处

走进商场　全是迷蒙的影子
影子上变幻着红绿灯的脸
没有心的电视与黑心的棉
长满胡须的鼓楼与有毒的食品
胃穿孔的股市与变质的关系
都让我感到诗的末日已经降临

五

春天和夏天的手同时高举
都要成为大自然的主宰
足迹堆砌的墙矗立于每一寸天地
烈焰吞噬着地层　浓烟涂抹着乌云
水被浓缩成岩石　海岸线火速后退
苍天的泪遍洒环宇

在增值的妄想里三角洲随之起伏
在大幅的行进中长河患上高血压
在随时随地的排泄中湖泊隆起癌症
一种水的呼唤闪耀于山脉
赤潮开除了金色的沙滩
童年的沙堡编进神话

六

这是黄金裂变的季节
所有的鸟都在火中找到光明

我的血超过沸点

只因曾经拥有的一切正在失落

如同刚刚诞生的婴儿

活着就是一步一步地死去

那些无忧无虑的童话

那些自我欣赏的青春

那些不顾一切的爱恋

还有越来越少的年龄

都随一江春水向东流去

只剩下断垣残壁上的记忆

七

我开始面对自己胡言乱语

大声讨论无所不在的新闻

关于一个人走过桥梁能否进入寺院

关于两人拥抱的距离是远是近

关于想起海时是否首先想到女人

而当我想到纯净的水就如火燃烧

我在失去水的同时也失去了用水滋润的爱

我的话语只在城里浪迹

我的故乡被埋葬于城下

我高尚的心灵被世俗消解

而我还能感到的你

正是爱我的死神

八

我从开始就寻找一种永不沉落的精神
一种闪光的信仰　一种与天浑同的气
从庄子的蝴蝶到古希腊的魔杖
从五月的石头到镀金的十字架
从忘川之畔到一杯清茶
再返回飞扬的滚滚红尘

然而　现代文明的废弃物
无所不至的旅游与探险
向庸俗之流敞开的佛门
已使青山绿水备受摧残
我怎能找到一块净土　一片宁静
又怎能找到一种精神的光辉

九

我曾有一个安静祥和的故乡
也曾闯出一片属于自己的天地
但这都不再重要
重要的是我还活着
就会拼尽自己所有的力气
还世界一个原本的面貌

把晴朗还给天空

庄稼　草原和森林茂盛地成长
把清流还给大地
飞禽走兽尽情地歌舞
把真善美还给人们
我可爱的孩子拥有幸福

献给大地的忏悔

一

燃躯体成绿色的火焰
化灵魂为黎明的呐喊
从海岸冲向高地
让一切的一切重新开始

某年某月某时某刻
某一个被历史遗忘的地方
某一个苍白的窗口
正式宣告我来到了人间

从地上站起就开始了背叛的第一步
将爬行的痕迹葬入黑夜
我光着脚丫　穿上布鞋　换上皮鞋
对大地的践踏由轻盈到沉重

二

路　由饥饿逐步织成
草绳　皮带　钢索
将大地紧紧而密地捆绑
而你的沉默便是我最大的希望

我感到你的皮肤完美如黎明前的太阳

诞生过神话的大河　闪现着诱惑的光泽
我却指挥着钢铁的文明之手
抚摸着你　仿佛昏鸦盘旋于没有人烟的空谷

以你的肚脐为中心
一任猛士音乐的伤口辐射状扩散
鲜血迸涌　脂肪流失　骨节裸露
你敏感的触觉被我流放

三

你每一处洁净的处女地
都被我开耕于光天化日之下
我用沉默的手创造着永久的沉默
汗毛　犹如丧失根基的草被水漂浮又被风飞旋

我是创造冬夜的机器
我是预支未来的嘴巴
我是掠夺的拟人化
我要征服大地上所有的寂静

你的最高峰被我联想而至
在你沟壑纵横的裸体上
沿着一道蛇形的血痕
我壮士一去　选择了攀登

四

当历经严寒　缺氧和病痛
我终于登上你雪白的乳房

站在你高耸入云的乳头之上
向世界放喉宣布　我是世上最高大的

人　还没有说出
你已哭成旋转的地平线
无序的泪水从我脚下哗哗流过
从岩石到云彩　再到驶过死亡的桥

一声呼唤从你身后的词语中汹涌而来
打捞我丢失已久的年轮
为了探寻你生长奇迹的源头
我开始了又一次远征

五

我越过干涸的河床
穿过红晕犹存的花季
但见你的睫毛犹如森林
守护着你的一湖清澈

黄昏弥漫　我扔些石子
打碎你眼里倒映的我
幻化的自己渐渐复原
脑际复原的却是吼叫的马蹄之云

于是　我把生石灰倒入你的眼睛
你的眼泪开始燃烧
眼底一片一片裸露
光明　澌灭于历史的陶罐深处

六

我拖着风暴逃进你冰封感觉的发丛
展开属于我的良辰美景
却点燃了你的草原
我在火焰的中心感到了什么是恐惧

烈火无边无际地蔓延
就像季节之外的爱情
东边扑灭了　火苗又从西边冒了出来
烧毁了南国　又接着焚烧北方

我却不曾受伤　从你的皱纹里
环顾你焦黄的头顶　我的头皮抽搐不已
在一片破裂声中　我又一次死里逃生
跌入你不断下沉的耳道

七

当我从一场噩梦中醒来
心　长满了残酷的手
指挥着我整天整夜地挖坑　放炮　掘进
最终打穿你缀满音符的鼓膜

打开了你摇滚的通道
我砸烂各种形状的骨头
连最坚强的牙齿也被炸碎
然后运出　源源不断地运出

掏空一个部位又向下一个部位进军

中国当代西部文学文库

你的关节已经脱落　身体已经瘫痪
堆积如山的骨骼有的被化成了水
有的被烧成了灰　灰又长成恶之花的树

八

我躲在灰色的树荫下绘制草图
建设一项空前绝后的工程
林立烟囱于你的肺部
让你的风吹出与日同辉的明亮

我还在创造裂谷之伤
在你平坦的血管壁上搬运脂肪
将血的流动拦腰斩断
让你的皮肤一片一片地苍白

我却得到一枚闪着原始光芒的奖章
凯旋于你的咽喉之道　走进你的心之海洋
给心底扎上大大小小的针管
榨取我取之不竭的财富

九

我曾是你最乖的儿子
长大后就成了一种活动的物质
为了过上幸福生活　我到处奔波
改变并主宰自然

结果却是龙卷风沙尘暴降临
地震海啸爆发　非典流感横扫

很多化学物质悄悄进入身体

还有多少未知而恐惧的东西正在窥觑人类

我已陷入四面楚歌的境地

茫然四顾全是文明本身

是啊　我过上了物质的幸福生活

也跌入精神的万丈深渊

十

我仍然空虚　我没有信仰

顺着你的神经之藤攀缘而上

想走进你意识的领地　大地的天堂

门　却被岩石堵塞

面对太阳神像　面对已临晚秋的大地

我深感绝望　回眸我创造的繁华与荒凉

我是世界上最大的罪人

现在我只要忏悔　不要饶恕

生命是一条曲折的路

死亡则是路边的小站

我用泪水濯洗身体　用火焰焚烧灵魂

只为了一个天蓝水清的家园

卷二　独在异乡

始于长安(12首)

起点

我很早就来到这里
大庆路旁的花圃
坐在丝绸之路群雕的身边
不知道要等待什么

城市渐渐远去
丝路延伸而来
身后的花岗岩不再冰凉
属于我的小径隐约可见

尽管我来自洛阳
但这里才是我西行的起点
我背着初升的太阳
对自己大喊一声　出发

第一步

黄昏里只有一缕炊烟
是来自我肺腑深处的问候
充满天空　面对大地
我要写下一条属于自己的道路
不管坎坷与否
我已开始了历险的第一步

当我踏上丝绸之路
一首告别的歌如影随行
身后是渐渐尘封的足迹
前方是正在盛开的梦想
在扑面而来的芳香里
一盏风灯为我而亮

邮电所

走上枣园西路
突然感到非常口渴
以为找到了驿站
却来到了邮电所
这里没有水也没有马
但有一个很水的女孩

我没事找事
买了一张明信片
写了一个大大的水字
却不知不觉地
把西安枣园西路邮电所
写在收信地址上

三民村

三民村的黄昏落进酒杯
惊飞一片白杨树的鸣叫
装着水声的云团扑面而来

把一线蓝天钉在最远的远方

三民村的我越过铁轨
来自长安的轻风栖息发梢
一列驼队走在千年的丝绸上
埋在沙中的蹄印变成黄金

铃声叮当　传来绿洲的气息
蜃楼闪烁　映出湖泊的清澈
不管前方是篝火还是村庄
我的梦里都是飞翔

地下通道

汉长安城的西安门
紧邻未央宫
是皇族出入的城门

在城门下的四米深处
发现一条两米多高
青砖相咬的拱形通道

专家有两种解释
一种是皇族逃生之路
另一种是污水排出之道

但还有一种说法
不管是逃生还是排出

实质上都是一样

柳树村

我从华清池出来
横穿了 310 国道　陇海铁路和西潼高速
名叫柳树村的地方没有柳树
一棵乾隆时期的槐树
十几人之高　两人环抱之粗
树上有一则寻人启事

一个姓赵的九岁男孩
上身穿蓝底白条秋衣
下身穿黑色裤子
脚穿贝贝运动鞋
在临潼斜口镇柳树村小学门口
迷路走失

瓜棚之夜

从秀严寺塔到灵源镇的路上
我崴了脚　坐在路边拯救自己
艰难地挪到一个瓜棚里
天色渐黑　可心里尚有一线灯火

我想了很多事情
最后想到的是死亡
但不可能遇上豺狼虎豹
也不可能遇上魔鬼

只有可能遇上抢劫
我会奉上所有的身外之物
但必须留下内衣
和我写在丝路上的诗

灵源镇

在乾县灵源镇
我没有感到与灵与源有关的气息
倒是想起福州灵源洞的石刻
听见苏州灵源寺的钟声
我悻悻地离开
独自走上自己的丝路

曾经的踪迹无处可寻
我的路与别人无关
比如那次崴了脚
我没有告诉周围的朋友
蜗在瓜棚只想了一个问题
心灵的荣枯怎能由物质决定

乾县

乾县曾是祭天之所
黄帝时名为好畤
夏时为雍州之域
商时为岐周之地
北魏时改为漠西县
隋时改为上宜县
唐时改为奉天　升为赤县　置为乾州

宋时改置醴州
元时为州城　明时重建城垣　清时增修炮墩
民国时改为乾县
现在仅存龟头部分的城墙
也叫干县　干旱之县

梁山

是谁把梁山看成一个女人
头北足南地仰面躺在天下
连八百里秦川都涌向她的双腿

是谁把山丘看成她微微凸起的腹部
神道就在她的乳沟内
司马道正在她的颈项上

是谁把东西对称的山丘看成她的乳房
山丘上的阙楼成了她的乳头
高耸的主峰是她的头颅

是谁把整个梁山变成了陵墓
把谣言说变成金钱
把奴性四处传播

响石神潭

被誉为乾州八景之一
在梁山主峰俯瞰陵园
西南方向有一景观
那里有两条小沟

小沟与漠谷河相连的豁口处
有一个清澈的水潭

山泉终日流淌不息
水流冲击石头的声响
几里外都能听到
但不要比喻
更不要传说
山泉就是山泉

无字碑

身由一块青石雕成
首有八条螭龙互相缠绕
侧有两条巨龙腾空飞舞
座有线刻的狮马图
还有许多花草纹饰
只是阴阳两面都没有碑文

不管是德高功大非文可表
还是罪孽深重非字能尽
一碑无字的空白
功过是非由谁填写
但有人在碑上刻下了
到此一游

途经陕北（5首）

黄陵

在黄土高原之下
仿佛埋葬的不是黄帝
而是山丹花　马兰花　牵牛花
在弥漫的大雾之中
一个红得发蓝　一个蓝得泛红
另一个躲在身后

站在桥山的古柏之下
从树冠漏下的阳光
比丝绸纤细　比老家温暖
一丝一片地缠绕在身
心却成了一枚柏叶
被阳光穿透

盐队

驮着青白盐的四十头毛驴来自盐州
在长城岭的拐弯处踩出火焰
如果放进火中的盐块发出脆响
前方的云里肯定包着雨水

你骑着白马　两名侍从尾随身后
一招手把雨唤到毛乌素的上空

一呼气把盐队送到延州
黄河　滔滔南下

禁盐令是中原忽阴忽晴的脸
你归来时　前后簇拥着四套马车
车上满载着丝绸和茶叶
你把盐队变成了凯旋的勇士

统万城

赫连勃勃蒸土筑就的白城挡住劲弩
当年的夏州马生二驹地产嘉禾
统万城上空的燕子越飞越低
把云雾衔到含苞的野花上
只需三岁顽童的纵身一跳
就能把雨碰出花朵

明亮的雨穿过炊烟
连最小的燕子都往返于天地之间
将雨丝栽成一野墨绿的麦浪
雨水在墙角刨出一个西夏瓷鼎
一个敕燃马牌还在下达死守的军令
城外的羊群都是援兵

大槐树

这是祖辈出发的大槐树
在槐树的怀里我感到了家的幸福
第一抹鹅黄送走夜晚之后
一片片叶子就是越响越清的铃铛

当一千只手把花朵举到头顶
茂密的槐树投下无边的清凉
当数不清的叶子由绿变黄
灿烂之后的平静便是沉默的惊雷

尤其是槐树把身上的叶子全部抖落
放下所有的阳光
一片温馨从此洒向四野八荒
包括大槐树不变的方言

树下

我在树下的小屋和衣而卧
整整一夜狂风怒吼
吹灭了枝头顶起的春天
如雪而降的黄沙与天堂无关
只有墙角噤出饿狼的血
一两声羊咩奄奄一息

马路上的蹄声依稀可闻
太阳突现于死寂的天空
我全身的筋骨好像被风抽走
皲裂的嘴唇传来一声声驼铃
村民们聚到树下而又散去
去找骑着树枝的新娘

中国当代西部文学文库

旱透的原州（8首）

空喜

是谁大喊一声　下雨了
一声惊雷炸醒全村的梦
乡亲们把锅碗瓢盆摆到屋檐下
把灰暗的脸举向天空

一朵朵阴云聚成太阳的浴巾
九只天鹅擦洗着雕花的黄金马车
村里的阴阳先生坐在墙墩上
将自己算成一滴最大的雨

雄鸡啼灭星河
朝霞绽开而瞬间凋谢
一道撕裂的哭声弥漫四野
生命的雨只在天堂哗哗而下

雕刻

所有的云朵都是候鸟
不曾鸣叫一声就掠过今天
大旱三年的村子是一堆干柴
一声咳嗽就能点燃

黄土高原的风中流淌着火花

烤焦青青的麦苗和一声声呼唤
吮不出乳汁的婴儿嗷嗷啼哭
驮水的毛驴倒在半路

一位老人被黄土埋葬
另一位老人跪在龟裂的大地上
被烈日刻成祈雨的雕像
这就是闻名于世的萧关

穿过

骄阳凌空高悬
哧哧直响地迎面下沉
路边的小树秃着枝干
反光的房屋使我的眼前一片惨淡

鸟儿飞向了何处
我的影子琐琐碎碎地跟在身后
分不清是苜蓿还是沙海蜃楼
一双巨手挤出我体内的水分

没有一声犬吠
两个挖井的村民再也没有上来
穿越一座没有血色的村庄
我的脚步在子夜的墓地久久回响

退回

一缕生命的气息萦绕低回
始于母鸡下蛋的鸣叫

一只燕子从枯黄的麦地缓缓飞过
倾斜的阳光依然沉重

木格窗上的剪纸褪尽色彩
一声声叹息跑在风的前面
村头站满排队的水桶
手指一样的清水河退回摇篮

老牛车纷纷四散
十五岁的女孩嫁给山外有水的鳏夫
太阳看见这座冒烟的村庄
已不忍心蹲在天上

留言

朝着天空张大的嘴巴冒着青烟
一只麻雀画着像巢的图案
猛烈的西北风拔掉没有根的沙丘
一只小白兔从孩子的嘴边一跃而过

整个原州空不出一滴清水
一头毛驴挣断缰绳狂奔而去
穿着绣花鞋的树枝倒在鼓乐声中
一朵芦花仍在打扫满天的星斗

沙尘唱出我内心的歌
洒在冻土上的鲜血不知道疼痛
谁的话留在我最寒冷的耳朵边缘
要到月亮上去种田

骊歌十二行

抽噎

发着高烧的夕阳落进山里
留下漫山遍野的灰烬
大哭之后的抽噎更加悲戚
死神在一位阿妈的心里挖走黄金

该是炊烟袅绕的时候
远处传来星星升起的响声
我把一壶烈酒当水喝下
方知喝下一个无边无际的沙漠

我是一个到处浪荡的幽灵
找不到曾经生活的地方
一座座坟头上的青草均已枯黄
我的眼里涌出浑浊的酒

虚惊

把一地的月光带进梦乡
一声叹息使我乍眠又醒
仿佛灌满风沙的驼铃由远而近
驿站里停泊着一串血红的灯笼

一双手蒙住了我的眼睛
一束野花的芳香在手上弥漫
但没有一点柔嫩也没有一丝温润
只需我睁开眼睛就会爆炸

我在龟裂的土里这样幻想

中国当代西部文学文库

一座山脉正在抒发披肩的幽香
命运之手偷走白云留下的吻
大地凸起一块死不瞑目的碑

恐惧

宁静在黑暗之中弥漫着恐惧
但绝对听不到狼的嗥叫
一轮明月升起我满怀的崇敬
月光如水　只在今晚令人叫绝

一条土路砍光了一山的森林
两头黑牛开垦了所有的草地
一村人喝干了方圆闻名的沈家泉
只剩下不漏雨的瓦房和坟墓

旱透的原州就是沧桑啊
村里的孩子不会经历我的童年
那是养在袖筒里的松鼠
孵在耳朵里的蚕卵

陇山向北（10首）

老龙潭

一百多眼泉水注入山峡
峡内冲刷出三个绝清的龙潭
三潭出峡便成了泾水
龙潭便是泾水的源头

不管是山雀啼鸣还是卷帘悬空
不论是万马奔腾还欲界仙都
传说当长龙正在腾空的时候
龙头却被斩断

龙不该是恐龙或四不像
也不该是像蛇那样的东西
更不该是泾源的这个长龙
否则　我怎么能当好龙的传人

晒小麦

我来到好水川遗址
正是太阳喷火之际
一路上没有碰到一只麻雀
越过萧关时只听见自己的呼吸

没有风　只有一位老人翻晒着小麦

中国当代西部文学文库

一片新碾的小麦金光灿灿
散发出烤熟的香味
还有他流淌下来的汗水

我向老人问了路
劝他在树荫下休息一会儿
他弯着腰说　不累不累
太阳从早到晚也没有说过一句累呀

扇子

这个名叫九羊寨的村子
曾经从棺椁里取出兵器
把西夏王陵的一把扇子
绑在天都山高矗的经幢上

一位老人靠在椅子上闭目养神
手中的扇子缓慢地扇着
不知道风是睡是醒
是否还在寻找故地的往事

影子躺在地上　柳树站在身边
不用扇动便能放出枝叶间的风
这个闷热的夏天　不管我与老人怎样交谈
一个中午都会从中穿过

鎏金银壶

到了固原
我知道有一件宝贝
名叫鎏金银壶

三位英雄和三位丽人围着一只金苹果
从鸭嘴流出的琼浆玉液
令人提起便醉

尽管我探究不清
是谁把银壶带到塞内
陪葬于北周李贤夫妇的墓里
但我要拍摄银壶里的岁月
并一路带到波斯
还给被俘的罗马

固原王

高平王被谗言所刺
手下大将万俟丑接过义旗
把来自波斯的贡狮
扣留在固原
改年号为神兽元年
自称天子

由此招来了重兵围剿
还有一场从天而降的风暴
万俟丑被俘
和狮子一起囚送洛阳
只是万俟丑被斩于市
狮子进了御用坊

空出的蓝

越过原州的秦长城

在几个零散的院落之间
几棵白杨树使山坡更加倾斜

这片塞外的土地
曾被蒙古人的赤兔马重重踏过
风把响声送到天堂

一大片胡麻从天上铺挂下来
正在开着蓝蓝的花
我仅仅看了一眼

夕阳西下　长风轻诉
血红的蹄印下
尽是盛酒的髑髅

背影

路边的胡麻花
连成一条蓝色的飘带
一直飘上了秦长城

一个红色的背影在我面前一闪
一片旋转的纸片被雨打湿
旁边的小树放飞内心的绿

我大喊一声　声音穿过雨丝
甚至碰斜了几个雨点
落在比原先稍远的地方

转眼即逝　背影消失在雨外

而我站在雨里
迎着源源不断的西风

车马坑

六师之重陷在中河乡
一陷就是三千年
车辕　车厢和车轮已经腐朽
这些来自大地的树又回到大地

而车辖　轴饰和马衔依旧完好
只因被火附上了另一种气息
尤其是銮铃仍在发出清亮的响声
状如旋风　直冲云霄

曾经的一条道路
一场百年不遇的大雨
陷过穆天子的一只脚
现在长满了金黄的麦子

家乡话

站在金秋的谷子旁
灰蒙蒙的麻雀在树上叫骂不止
走进一个名叫沈家泉的村庄
黄昏铺下一声犬吠

捡起路边的石头
一个小孩被毛驴摔下哇哇哭泣
走过荒凉的小学门口

晚归的羊群已成历史

碰见的人似曾相识
一只叫喳喳的喜鹊飞向村西
来到井边　家门紧闭
我从西装革履中喊出原州

沈家泉

这是我生活了十八年的老家吗
那棵送我的大柳树不见了
涌流的沈家泉变成一个地名
麦穗被冰雹砸进地里
我的二哥蹲在地头
看不见喜鹊燕子和麻雀的踪影

我走进村子　没有惊起一片犬吠
也没有碰到牛马和毛驴
门口的井还留着当年的辘轳
一把铁锁看守着水窖
家门大开　院里没有猪　羊和鸡
一条狗伸着舌头　懒得理我

须弥牧歌

一

一座石山屹立于眼睛之后
迟到的春风撞响滴水寺的钟
小小的我挥起长鞭
把走不动的残阳赶进栅栏

一轮十五的月亮钻出云层
反刍着最后的一堆麦草
闪烁的北斗星似乎在说
北面的一座山上有水有草还有晨钟暮鼓

我背上邻家丞妹打好的背包
赶着一群乏羊走出黎明
一棵柳树站在村头
一把泪水跟在身后

二

是我赶着羊群还是头羊领着我
一溜荒滩比媒婆的舌头还长
我从心灵的伤口拔出自己
一野灼目的青草地将我埋葬

蓝蓝的天上洒满羊群

中国当代西部文学文库

青青的草地白云飘荡
月牙儿在清水河里来回摆渡
我怎么也分不清哪是星星哪是萤火虫

河水静静地躺在两岸
一头母羊在咩咩声中产下一对羔羊
我剪断脐带时一阵战栗
一声狼叫划破手指

三

十五的月亮十六圆
圆不过艾米娜的脸蛋蛋
微微含笑比蜜甜
甜到嘴里　我不能言传

高原的天空湛如蓝
蓝不过艾米娜的毛眼眼
躲躲藏藏直扑闪
闪到梦里　我睁不开眼

只要能跟艾米娜见个面
翻上十架山梁　我也情愿
只要能跟艾米娜问个安
喝上十碗苦药　我也心甘

四

这是我跟同伴学会的民歌

骊歌十二行

让我更加想念那双会说话的大眼睛

那里有清澈见底的甘泉
让我照见自己　影子却碎在旁边

那里有悠悠颤动的琴弦
让我感到一种从未有过的慌乱

那里有正在绽放的牡丹
让我醉倒在地　生根一样不断下陷

那里有轻风细雨的呢喃
让我放飞的希望有了飞翔的蓝天

那里有无比明亮的闪电
让我一阵眩晕而魂飞魄散

五

曾叫葫芦河的清水河越来越苦
苦得草地由绿变黄
我鞭打着频频回首的羊群
与北风一道兑现诺言

白杨树上的喜鹊叫叫喳喳
缀满枝头的果子红着脸蛋
我呆呆地站在村头
眼看着邻家尕妹上了出嫁的马车

我又见到滴水寺的住持

讲述了我放羊的故事
如何点燃篝火圈住羊群
怎样拿着铁叉对准狼眼

回到玛曲(9首)

高原梦寻

来到天下黄河第一弯　玛曲
是想寻找一千多年前那个滴血的梦
一只大地上爬行的蚂蚁
穿越着陨石雨扑面的时空隧道

我仿佛看见长发掩面的党项人
匍匐于黄河岸边　祷声雷动
赤裸着青铜色胴体的盲女巫
在荆棘上疯舞狂蹈

纯白的玛尼堆上祭献着牛羊
髑髅里的酒香通向天堂
我成了跳着鹰旋舞的党项人
回到青藏高原月光的故乡

河之故乡

玛曲的黄河　积雪山的一串项链
闪烁着蓝玛瑙的光泽
藏族女孩胸前的红珊瑚
让我想起家门前红彤彤的枸杞园

河曲弯弯　鹰在蓝天白云间盘旋

白牦牛在草地上咀嚼着阳光
洁白的帐包眺望雪山
炊烟升起牧归的民歌

民歌流淌的是爱情
黄河流淌的是生命
还有生生不息而色彩缤纷的家园
不管流到哪里都是故乡

一匹红布

青草举过羊角的八月
如孕妇站在玛曲的黄河桥上
一片羊咩穿过大雨

阿尼玛卿山上雪团滚动
两位牧民拉着一匹红布
把羊群拦在坑内

十几丈长的门
关住漏雨的家
上千只羊儿汇成漩涡

没有一只羊滑下悬崖
却有一只羊透过红布
从祖辈那里看到自己的血

河边小羊

将要离开积雪山

还想看一眼黄河映出的太阳
却见一只小羊在山洞之外
一边吃草一边流着泪水

我把洞里躯体冰凉的老羊
埋进青草高过头顶的八月
想着小羊日日夜夜的守护
初升的阳光穿透血液

我抱起咩咩直叫的小羊
找到洒在河滩的羊群
黄河　宽广的黄河
抱着我奔向野花烂漫的草原帝国

到家了

我从塞上的八月而来
带来一瓶浑浊的黄河水
一位名叫才让草的藏族女孩
把星星的羊群扔在山间
从香巴盖的黄河
骑着神灵的白马飘飘而至

她接过我装着梦想的行囊
灿灿一笑犹如童年
她拉起我无处退缩的手
用羞答答的汉话说道
到家了　到家啦
阿爸等着你

抵达

旗幡飘舞　旗幡圣洁
山间的清泉穿过村寨
曲曲折折地流向黄河
在藏寨一家铺着羊皮的炕上
我和女孩的阿爸盘腿而坐
首先谈到的是黄河的由清变浊

被阳光挤掉水分的牛粪
珍藏着阳光里的阳光
于泥炉中燃起金色的火焰
铜壶里的酥油茶
飘出家的气息　味道和温馨
并且抵达遥远的记忆

原初之态

玛曲就是黄河曲
就是黄河从藏语到汉话的曲折北去
我望着黄河的纤纤细腰
算着羊皮船漂进大海的时日

真的到家了　到家了
家在透明的青稞酒中
泛起黄河满脸的红晕
纯真的生命回到原初

把青稞炒面和酥油茶抓到一起
不管抓成什么形状

放到嘴里都是泥土的香味
如同把白云放到蓝天上

磕长头

一位藏民在黄河岸边用身体行走
紧贴大地而又飞向天空
他走过的地方　一串串鲜红的血滴
在草尖上熠熠闪光

我想　他把所有的牛羊都换成了黄金
把老阿妈的青稞炒面背在肩头
把美丽的女人和可爱的孩子
留给无期的期待

我想　他在向更高的高原走去
就像黄河走向更低的大海
他却告诉我
他是回家路上的孩子

去向何处

挥别玛曲　一朵朵白云向我伸手
山间的羊群被小溪串成珍珠手链
一座座牛皮搭起的帐包
那是传说里尕海的泪

玛曲　住在我心上的析支
是一河高悬的水　涌动着朴素的语言
是婴儿身上飘荡的乳香

是冰草拔节的声音　来自阿妈的心间

那位名叫才让草的藏族女孩
红红的脸蛋上写满淳朴　天真和可爱
我不知道自己是回家
还是去流浪

长河以西（11首）

沙海蜃景

一泓湖泊闪着蓝玛瑙的光
一座悬浮的小木屋炊烟袅绕
一圈柳树眨着月牙儿的眼
一群白羊把咩叫挂在风上
一位骑着枣红马的女孩
唱着火辣辣的情歌

走在腾格里大漠
几块白骨使太阳猛然一沉
风在流淌的金沙上踉跄而行
追寻的家园在一端隐隐后退
一朵乌云从远处赶来
给我眼前的雪山罩上黑布

穿过黑山峡

蓝天白云之下
河西走廊以东
是一野无边的向日葵

所有的向日葵都迎向上午的太阳
而一朵高大的向日葵
面向西边

中国当代西部文学文库

所有的阳光都越过一个背影
洒向十万朵向日葵
高举的笑脸

我在丝路上向西而去
恍惚之间　我转过身来
拍了一张逆光照片

墩台

从武威到山丹的高速公路
在一个名叫边外的地方切开长城
人们把车停在巨大的墩台下
饭馆　商店和汽修铺沿路排开

电线横跨城墙　水泥栅栏隔开草滩
三角形的小彩旗格外醒目
我换了几个角度
也没有拍到一张原始的长城墩台

长城断断续续地走到嘉峪关
高速公路却一直向西
抵达伊犁河畔
还会抵达更远的远方

长城内外

此刻　我蹲在一口古井旁
开掘于明嘉靖年间的古井
是筑城和守卫的生命之源

也是最深刻的疼痛

此刻　我站在金子山烽火台旁
注视着长城内外
祁连山下旋起一阵匈奴的风
点燃一堆干透的狼粪

此刻　我登上烽火台的废墟
汉明长城向南蜿蜒而去
我看疼了眼睛
也没有看出一条长龙

油菜花

从山丹出发前往军马场
一野无边无际的黄绿相间的油菜
整齐得令人不敢相信
同时盛开金黄色的花

盛大的金色之中透出绿意
透出花朵内部潜在的力量
由近至远　金黄渐浓
直抵隐隐约约的远山

这里可能有一个巨大的秘密
仅仅一想　我便顿生敬畏
不敢再看　在心里说
请原谅我的打扰

焉支蝶

七月　我带着一身酒气
来到焉支山下
草地　花丛　山坡上的松树
还有飘在山顶的白云

山野的气息扑面而来
到处都是各种颜色的蝴蝶
我在拍摄一只采花的蝴蝶时
另一只蝴蝶落在我的手上

两只可爱的白蝴蝶一起飞走
却让我看到更多的蝴蝶
我边走边看这些飞舞的野花
很快就到了山顶

登上山顶

我在山丹一直醉着
重游故国的感觉始终萦绕
被一群蝴蝶簇拥着
登上焉支山
登上曾给妇女增光添彩的胭脂山
登上与贺兰山积雪山并称的西夏神山

走进还在修缮的钟山寺
仰望长于岩石中的焉支松
匈奴西去的歌还在林中响彻

党项在神山上祭天的场面仍在闪现
焉支山依旧葱郁
我只是来了又去

天现鹿羊

雨过天晴的巨崖上
突然现出鹿羊的影子
我们知道是明万历年间
都司甘胤所见
并命笔而刻勒
至今依然

同样是五月
同样是雨过天晴
可我只见四个遒劲的大字
没有看见鹿羊的影子
实际上　我即使想看也不要看见
即使看见也不能说出

一匹马

见到久违的草原
我就是一匹马
在山丹马场
我没有找到英雄　只能吃草
吃匈奴　突厥　党项留下的草
可草没有了当年的味道

这些冰草　苜蓿　老芒麦

好像受了什么熏陶

没有雨雪的芬芳

没有泥土的气息

没有锋利的草尖

吃草时　我根本不用闭眼

锁控金川

这是开凿在悬崖上的丝路

仅容一队人马通过的栈道

抵达甘州和西域的独木之桥

兑现梦想的必经咽喉

我牵着驮队走过唐朝

进入由鼎盛走向衰微的西夏

电闪雷鸣　石头不断从山顶滚下

大雨倾盆　马背上的丝绸显出重量

峡谷的洪水在涨

一头毛驴被席卷而去

我们一行三人　白马三匹　骆驼九峰

还有一身烧红的铁

野餐

在羊鹿沟的草滩上

白云把蓝天飘得更蓝

我们先干为敬地谢了主人

吃了世上最香的羊肉

喝了世上最烈的酒

想了世上最美的女人

此刻　我们都成了匈奴人
都想野蛮一次
只是我往草地上一躺
一个泥塑的佛头正好对着我
他的身体已经融入草地
眼角挂着晶亮的泪水

黑水城外（4首）

弱水

祁连山最小的公主一脸雪白
坐在河西走廊的花轿上
一阵脚步加深了荒漠的宁静

身后尾随的羊群越来越少
娇弱的身子陷入巴丹吉林
七个侍女洗着沙里的月

穿戴簇新的黑水城
骑着软玉镶嵌的宝马遥望南方
四野的风声遮蔽天地

胡杨树把公主举到头顶
每逢嫁日便血一样鲜红
为世界袒露着公主内心的伤口

额济纳

我把雪花留在水中
凛冽的西北风卷走了晚霞
我在火焰里看见一朵莲花
月亮的羽毛纷纷扬扬
我在枯死的胡杨树下叹息不绝

想在长发中找到那只如泣如诉的大鸟

鸟鸣里有将军洒了一路的血
和黑城一夜之间的萧条
滚滚红尘使擦肩而过的长风旋成深渊
任凭乌鸦血红的目光砸向城郭
我站在不长草木的泥滩
头顶上是各种各样的鸟鸣

黑水城

黑水城　一扇马头琴的门突然关闭
乌黑的玛瑙划过帐顶

黑水城　一缕胡杨的气息四处飘荡
花白的羊群啃瘦整个冬天

黑水城　妖魔鬼怪的影子长满象牙
红嘴的鸟蹲在落满沙尘的目光上

黑水城　一朵雪花从天堂来到佛塔
冰凉的血液猛地涌向每一根头发

黑水城　一阵大风展开经书的翅膀
久远的问候被心跳卡在咽喉

黑水城　一轮残阳露出天空的昏暗
城堡已经死去　我能为谁称王

胡杨林

在旱透的大地上
由绿变黄　由黄变红的胡杨
每一个节疤都在渗出鲜血
每一片落叶都是胡杨的泪

绰约多姿　倔强不屈的胡杨
不死是因为需求太少
不倒是因为扎根很深
不朽是因为奉献了全部

我在额济纳面对一棵胡杨树时
却想到了黑水城当年的繁华
祈祷弱水不再断流
而要浮起胡杨树成千上万的叶子

青海之行（8首）

放生

是谁掩埋了一位女子的泪水
放生了相依为命的羝羊
一群过不了冬的羊
给积雪山下的村寨穿上大雪

苍老的羝羊把雪踩成水井
嘶哑的咩叫驮着一百个捅开的刀口
寒风掠过流血的栅栏
留下日落的悲壮

领头的羝羊一直走到天边
融进雪天一色的黄昏里
从星星里钻出的月亮
长着羝羊的角

一把藏刀

十年前　我和单位的同事
乘坐大巴前往西宁
楼房和街道似乎一样
一溜店铺倒是花团锦簇
我买了一些玛瑙　水晶和银饰
还有一把藏刀

在银川　我几次搬家
淘汰过衣服　家具和书刊
但都留下了藏刀
挂在新家一个合适的位置
并且一直挂在那里
只是常被忘记

小梅花鹿

同样是十年前
我在青海湖畔
为女儿买了一只梅花鹿
缩小得非常逼真

女儿抱过很多布娃娃
但不曾抱过梅花鹿
只敢摸摸身上的毛
然后静静地望着

从童年到少年
梅花鹿一直陪伴着女儿
常常带着女儿在草原上尽情奔跑
在青海湖畔久久伫立

倒淌河边

从日月山到青海湖
一条从东向西的河
是文成公主西行的泪
还是女性的万般柔肠

是龙王的一根胡须
还是小龙女的第一百零八个烦恼

有人听见河水流淌的是
呢喃 叹息 低诉 呻吟
连藏民所说的汉话
大多都是倒装的句子
此时 我望着清澈见底的河水
一尊未来佛高过日月山

青海湖畔

越过金黄色的油菜花
我看见了青海湖
一望无际的湛蓝令人眩晕
更不敢面对
仿佛觉得自己内心的阴影
会被湖光照亮

十万只候鸟在湖上盘旋
十万条湟鱼在湖里游荡
我捧起湖水尝了一口
这咸涩的大地之泪啊
一浪一浪地把沙子推到岸边
我成了其中的一粒

塔尔寺

明洪武十二年 鲁沙尔镇 莲花山坳
香萨阿切 一束白发 一封信

三滴血　白旃檀　菩提树
十万声狮吼　十万片叶子　十万尊佛像
宗喀巴　格鲁派　黄教
大金瓦　小金瓦　花寺
大经堂　九间殿　大拉浪
如意塔　太平塔　过门塔
堆绣　壁画　酥油花
我走遍了塔尔寺　记下了这些词
但寺里没有我　我在寺外的小摊旁
磕着等身长头

杏林

一棵高大的杏树结满杏子
庞大的右手从大地深处举向蓝天

手臂上架着鹰隼的男子走在田间
麦草人的衣衫被风吹响

青砖青瓦的佛寺只剩下苍凉
破败的门缝里长满荒草

湟水上的旗子还在飘扬
天地的连接之处埋伏着十万将士

饮过战马的湟源依旧清澈
得道的高僧在红尘中隐藏着自己

汲水的藏姑把杏子抛向收割的青稞地
我走着走着　却走进了杏林

敦请

一只喜鹊在白杨树上鸣叫
别让恶念触及生命的根

一只梅花鹿在积雪山上出没
别让喘息惊醒宁静的梦乡

一只水怪在青海湖里游荡
别让传说撕裂清澈的水面

一个小孩在倒淌河滩上奔跑
别让呼喊扭歪童年的脚步

一个藏族女孩在野花丛中望月
别让马啸碰碎爱情的幻想

一个党项遗民在故乡流浪
别让汉语刺痛心灵的天空

敦煌钩月（8首）

隐逸

走进河水切开的古铜色的裂谷
散谈的目光在一股青烟中
飘向晚霞盛开的天穹
受伤的流星带走我整整一个秋天的步履

把长着一百零八角的太阳留在塞上
滚滚红尘的起点亦真亦幻地浮动
任凭西风在荒凉的头顶堆起沙丘
月亮的另一半葬在天上

党河里的鱼从我雨后空气的伤口
一跃而起　我扯过一片青色的岁月
隐身于光风霁月的岩洞
合众生与佛在手掌

沉郁

当青鸟的翅膀掠过我碎裂的荒野
阵阵颂歌被温馨的记忆挤出岩缝
如期而至的凯风挡住远方的钟声
一片片蝉羽舒展于木鱼与钟磬之间

陨石的话语在夜的隧道一闪而过

干枯而冰凉的鸣叫纷纷飞出壁画
一群饿狼的呜咽
在狭小而博大的洞口凝聚成水

我把苍凉而单薄的背影贴于洞壁
注视这片不是空白的空白
在即将冰封的党河里化身为鹤
孵化不肯出世的卵石

默诵

在一片混沌之中触摸雪的啼哭
想象旭日的婴儿通体透明
一只三条腿的梅花鹿
尾随从容西行的羔羊

与风浪迹　有家难回的泪水
在每一个足印里开出紫色的莲
我感到自己静若处子又奔如脱兔
想穿过阴阳之界拥有那个轻盈的冉升

却不敢撞入刚刚出浴的处女般的晴空
只望着大藏经
从高耸入云的树上哗哗坠落
六字真言默如惊雷

静行

打开一扇天地之间的门
静泊于象征的虚幻之外

洞箫响起　一片黑暗从眉间落下
我感到剩下的一颗灵魂就是盐粒

月光的百合在裂谷飞翔
飞天的手臂在岩洞飞翔
千手千眼的观音在心里飞翔
闪电摇曳　落雷轰鸣　白马之塔直冲霄汉

从大地深处抬起烟云之颅
搜寻那朵永恒的充满回音的莲
我闭上昼夜之眼从洞窟走向洞窟
走向洞窟的洞窟

玄想

面对圣人的峭壁
我玄想一叶云帆的沉降
透过遥想中升腾的树影
当年的牧童跨过沧海与桑田

鸟语虫鸣的古乐
回旋于星光灿烂的洞窟
像一个举灯夜行的盲者
一种来自祭坛的搏动令我目眩

还有一幅闪着红晕的壁画
一阵来自远方的空谷跫音
在清幽的碧落随意来回荡漾
一任风的旗帜拂过峰峦一无所系

超度

在一点烛光的普照中
一座佛光四射的大山
高矗于世界的中心
我燃烧的嘴唇向着天空徐徐张开

一群岩羊弥望河岸的萋萋芳草
铁锈色的花蕊溢出一丝瑰丽的疼痛
神话从岩壁脱落　血迹犹新
蝴蝶之梦飘成悲患的瀑布又如蛟龙腾起

在生即是死的雪线上　灵肉融化
我成为被风弹响的雪中之莲
又像风一样吹散身上所有的东西
连空也一起吹散

飞升

飞越智慧之谷　盘旋上升
一片绿海随鹰起伏伸向西方的冰峰
我冥思的月岛迥别于一切灿烂与萧瑟
在空蒙的帷幕之后同天地为常

沉落之后的一次次飞翔
一个茶禅一味的瞬间在我心中闪着金光
为那株西风的草放喉歌唱
从云散月朗到雪满心宇

在九十九天的屏息与暗影之间

一束柔弱似水的香火照亮原始之域
我成为一片洁白的羽毛
从魔幻的天庭疾然入岛

幻化

雪飘入西海　春的舞蹈弥漫云间
我的眼前浮现出一枚燃烧的莲叶
一座洞窟如家的青山
在安澜的海面上与雪共融

终于接近至尊至圣的婵媛之岛
那片属于自己的空明
我捡起石阶逶迤而上
燃指供佛的羌笛吟风伴浪而来

峡谷是我的乾坤　洞窟是我的家园
在宁静的月岛随地卧雪独眠
月光自我的双眼迸涌而出
天海一片蔚蓝

玉门关外（10首）

走在草原

我走在巴里坤草原上
四面望去全是绿草
零零星星的小花点缀其间
没有犬吠　没有羊咩　没有牛哞
甚至感觉不到一丝风声
只有青草的气息弥漫心间

我小心地走着
踩在没有花草的地方
举首间　无边的淡绿涌向天际
没有旌旗　没有营寨　没有羌笛
更找不到古战场的痕迹
十万战马都化成了草

鹰逝

从朝霞中飞来
翅膀上闪着殷红的光晕
在草原的上空低飞盘旋
飞过蛇行的河流
飞过冉冉升起的炊烟
飞过走出栅栏的羊群

猛然　苍鹰发出一声刺骨的鸣叫
划了一道别致的弧线
便腾空而起
剧烈地扇动着双翅
撕开迎面扑来的风云
笔直地飞向上午的太阳

飞蛾

扑向篝火的飞蛾
是否只看见光明而没有看见火焰

飞蛾想扑灭篝火还是因为夜晚的寒冷
或者嗅到了火焰的香味

假设飞蛾不知道火会烧身
为何没有从被烧的同伴身上得到启示

假设飞蛾知道火会烧身
为何还要向火扑去并且前赴后继

飞蛾在篝火的周围飞了几圈
猛地一扑使火苗为之一闪

我望着篝火只顾烤肉
没有在意篝火发出的叹息

干枝梅

生长在荒原上的干枝梅

青紫色的枝条聚在一起
没有叶子却举起一朵朵密集的小花
从紫色到粉红再到白色

从春到冬都在绽放的干枝梅
在大旱中盛开　冰雹击不落花瓣
在寒霜中盛开　狂风吹不尽花香
在冰缝中盛开　暴雪压不弯枝头

没有雨露依然灿烂的干枝梅
折断枝条而不枯萎的干枝梅
根茎干枯也不凋零的干枝梅
只要有阳光就会怒放

一棵胡杨

无边的草原上
就这么一棵古老的胡杨树
粗壮扭曲的树干
巨大突兀的树冠
曾在即将旱死之际
得救于党项人羊皮袋里的水

几百年过去了
深绿的叶子无比耀眼
断裂的树枝露出骨碴
身上的黑洞传来风声
但树不管身边草的荣枯
一直活在坟墓之中

阿米娜

在阿尔泰山脚下辽阔的荒原上
阳光顺着山坡铺排下来
一个黑色的巨石似乎来自天外
我轻轻地拍了一下
一圈一圈的涟漪随手荡开
还有一种似有若无的鸟鸣

一户不放牧的牧民
常年守护着巨石
一位黝黑脸庞里藏着妩媚的女人
她叫阿米娜
她说这不是陨石
而是神的眼睛

大眼女孩

这只是一条山野小径
仅仅与她擦肩而过
我就成了天上落下来的西飞雁
她的微笑　她的声音　她的芬芳
在我心中绽放　回荡　萦绕
可我说不出她的美

我从几千里之外来到新疆
是为寻找一个辽阔无边的梦
只在一道栅栏旁停留片刻
便被她丢在了茫茫山野
我与她　一个眼睛又大又圆的女孩

注定只有一面之缘

小院

没有多少土壤　只是一个墙角
却扎下了深深的根
没有多少天空　只有一个支架
却延伸了长长的蔓
小院的果实高过青瓦之屋
黄花弄影　绿叶如醉

天空映射淡蓝的远山
场院上空回荡着孩子的笑声
白杨树托起屋顶
成串的紫葡萄才是永不凋谢的花
还有可爱的小板凳
在等待黄昏的到来

梦之所在

在艾丁湖的草地上
遥远的雪峰隐藏了翅膀
把空间让给花蕊
把下午留给采撷

只是另一朵花的幽香
惊醒了蝴蝶的梦
还有湖边的这个房舍
曾在梦里反复出现

我跟着一群头戴花环的孩子追蜂逐蝶
涉过荡漾着金波的溪流
在草丛中踩出鼓点
穿越时空的歌声穿越了我

一幅画

可能是大漠　夜晚和灯光
可能是身体的某个部位
可能是望穿秋水的目光
可能是与西域有关的一个幻觉
但仅仅只是可能
根本无法确定这是什么

只是这幅画带来楼兰的气息
来自远古的呼唤穿过八月
一钩月牙静卧心底
十万朵荷花在默默祈祷
一株罗布红麻
开出了内心的秘密

卷三　空手还乡

咏叹与梦呓（9首）

欲倒之镇

大门之内　柳枝摇曳着浮云
涂抹于伞上的虫鸣褪色成一种隐痛
一任长风从古城墙的树流向东西南北
或者集中于我

夏天　古铜色的小径
将眺望远海的小镇轻轻抬起
我用中暑的鸟撕裂芳香之雾
以及一切等待与追忆

芦草扑向灰烬　小巷不断萎缩
一缕无名的光　把柳叶钉在倾泻的情绪上
夜空痉挛　雷与电的混合之血
浇透摇摇欲倒的精神之镇

断桥

一股染上暮色的风从天边驰向原野
我那颗失落的星依旧激荡着歌声
荆棘之途在静静的失眠里
展示一片没有答案的天涯

蝙蝠夜游　如我远航的思绪

只因陷入爱的荒漠　雨在心中僵立
小镇便成为我的无形之棺
敞开她从未有过的迷人

我淡淡地望着
让所有的眼睛都凝固于此
让时间与空间作一次最有意味的吻
让夜找到我的小羊羔　奉献于神

逆流之河

撑起野舟捕捉甜蜜的冲动
爱情之鼠溜出被潮水镀亮的小屋
躲在墙角的念头被小偷扶起
隐蔽的青春被盗

抖开折叠的黄昏　啼哭逐渐泛青
道路伸开双臂　陌生回到原初
前额的伤疤开始流血
夕阳从水中飘起　暗室突现

窗外的风景沿目光涌入
一颗不安的心越窗而逃
远方眨着墨绿色的眸子翩翩起舞
一支箭射向某一个神秘的昭示

走过小巷

这是镇上最漫长的巷子
一条连接神话却不断衰竭的路

我走在其中　小巷贯穿我屏息的身体
让背影紧握昨天　用病句理解今夜

小巷又窄又长　我却感觉不到南北
镇子的烛光　从冥冥中触摸风向
一块石头滚动于世纪之初而又滴成雨季
我觉得失血的小巷再次穿过我

夜　投下我受伤的梦
一声犬吠冰凉了旋转的时间
我倒在笛音之中　触到一块瓦片
对白昼过敏的我成为小巷

场景

闪烁的玛瑙擦洗着马鬃
没有人听见干瘦如柴的羊咩
几行西夏文字连起酒和月光
回不到草原的头骨挂在墙上

日落时分　铜锁蒙尘
一座生命的祭坛陷入围猎
流泪的莲花在火中舞蹈
大风走过高原留下一堆堆白骨

一道栅栏隔开春秋
我通红的眼睛留住落叶
一只看破红尘的牧羊犬走上山顶
长河上漂流着雪白的羊群

咏叹

剪剪朔风正在收割我的痛苦
记忆深处蜷缩着一片迷人的漆黑
伫立湖边　让沙滩铺开远行
一声呼唤打碎身后的宁静

乱石林立　都是往事的墓碑
贺兰神山　背负着生命的峡谷
一叶扁舟荡开无法临摹的凉意
一朵荷花在岸边嘤嘤哭泣

采撷一枚枚绿叶的遐想
遥寄我被水洗白的咏叹
一座草堂站在云上
一片红桦林漏下猿啸和翅膀

漂移

如血渗透　穿越一个民族的悲怆
穿越微红的灯笼和烟雾中的眼睛
最后停在一只马头上
一万种隐约的疼痛自水底升起
岸上的足印绽放死亡
被剑挑落的铠甲青烟袅绕

一只小鸟越过耸入云际的骷髅
一条大鱼在星星与苍狼之间游来荡去
一朵干透的紫莲花走到夜的尽头
一枚枫叶在西夏佛经里依然鲜红

中国当代西部文学文库

西塔漂移　黑暗填满我命运的裂隙
绵绵起伏的倾诉穿过竹林

醉语

端起水中之月　弹落双肩红尘
被滋润的心灵射出万家灯火
我在湖底一边遨游一边预言
一挥手就把雨水放在干旱的土地上

独自饮下泪水　感觉顶天立地
醉倒的只是空空的酒瓶
我擦亮星星　所有的江河都清澈见底
眨眼间把森林植遍沙漠　戈壁和荒原

打开木格窗户　让信鸽飞向贺兰
远处的柴扉响起那首沙似雪的羌笛
我倒转时光　让善良的人们重获贞洁
一句话就清除了心里的瘟疫

要做的梦

一颗流星擦过夜色而熊熊燃烧
旷野上的马车跑得比酒还快
我抹去距离　一抬脚从故都进入西夏
在天堂聆听张元与吴昊煮酒论诗

西夏的脚印上站着一盏盏灯笼
挂在枝头的钟声成为一年的悬念
我生活于历史　创造着神话

在一枚落叶上写下一个王国的命运

几朵家乡的格桑花在梦中怒放
一场大雨落在别处
我要做的事别人都做过了
要做的梦任何人都不曾做过

身陷红尘（6首）

髑髅

农药瓶子的标签上
两根交叉的大腿骨
举着一个死神的髑髅

上解剖课时
居高临下的讲台上
放着一个说话的髑髅

射猎马鹿的贺兰山麓
点燃篝火的手上
端着一个盛酒的髑髅

一个七八岁的男孩
细长黝黑的脖子上
戴着一串纯白的髑髅

胡同

太阳升起而又沉落
街灯通明而又熄灭
人们拖着身体出门而又回家
我看不见影子

院里的大树破门而出
一扇扇木板门变成冰冷的防盗门
四周的高楼切割着天空
我听不见心跳

当年的小黄花开成都市的新娘
曾经的小榆树长出有毒的枝丫
让人敬仰的老人一觉睡到过去
我找不到出口

一天

早晨睁开眼睛赶紧刷牙洗脸
吃着一块饼子挤上公共汽车
最担心的是迟到

中午在街上吃一碗面条
往办公室的沙发上一躺
常被电话吵醒

晚上回家吃点凉了又热的饭菜
把电视频道换来换去
躺在床上累得难以入眠

我想　一天又一天过去了一年
一年又一年过去了一生
一生的意义又在哪一天呢

树殇

一棵树倒下来

中国当代西部文学文库

倒下的树枝碰断身边的树枝
空地上一片怒放的花
被砸进泥土

又一棵树倒下来
树上的鸟巢碰到兀立的石头
巢里几只黄嘴的雏鸟
被鸟蛋淹没

一群树倒下来
排山倒海地倒向西方
锯断的树桩上露出大地的根
仰望着苍天

一匹狼

我何时在身体里养了一匹狼
给它喂了多少头牛羊早已无法说清
即使少喂一顿　它就不停地嗥叫
并且撕咬我的身体

我怎么会在身体里养了一匹狼
使我的一生只为它奔波
并把烦恼当成智慧
默诵唵嘛呢叭咪吽

我不要在身体里养着一匹狼
可我杀不掉它
只能任它喝我的血　吃我的肉
但它吃不了我的骨头

悬空

在挥别故乡的时候
我是一头山羊而踏上小道
是一只麻雀而飞出大山
是一支木箭而射向目标

在想念故乡的时候
我是一匹骏马却不能驰骋疆场
是一只雄鹰却不能飞向太阳
是一枚落叶却不能回到泥土

在走向故乡的时候
我身心疲惫两手空空
去不了南疆也走不到北方
下不了地狱也升不到天堂

放下自己（5 首）

不想

我只是一个最普通的行者
此刻只想让自己沉静下来
想象一汪止水一块无人发觉的石头
或者一座寸草不生的荒山
但这些并不能代替自己
心依然在想就不能沉到宁静的底

于是　我像一座泥塑的佛
不闻窗外的声音不看石垒的墙
不想任何的事情
但不想也是一种想呀
我浑身一阵颤抖
大喊一声　好险啊

深陷

死里逃生　我仍然身陷囹圄
陷入一个坚固而无形的牢狱
退后有矛尖顶着脊梁
向前有盾牌碰着额头
一侧身便能后退可积雪已经崩塌
一低头便能向前可洪水已经席卷故地

我忍着刺痛后退几步
把整个的自己向盾投去
却从一面镜子里穿过
一扇时空的大门随即敞开
所有的一切都已成为过去
生命与死亡相遇在同一条路上

放下

在一棵茂密的垂柳下
于六月的微风中
我坐在湖边
把所有的事情扔到水里
望着湖面倒映的白云
还有自由自在的鱼

不远处的湖面铺满荷叶
滚动的水珠比翡翠耀眼
几只蝴蝶飞来飞去
没有找到一朵绽开的花
只因从水里出来的都是荷叶
荷花还在水底

一叶小舟

塞上的风停了下来
深蓝色的波涛不再荡漾
夜幕遮蔽了四野的稻田
一叶小舟用不着系在湖边

鱼群都会悠闲地摆着尾巴
一首火辣辣的歌谣荡来荡去
像一个缥缈的梦
可比所有的梦都要逼真

我不管是梦是景
一束束月光已经穿越湖水
洒满小舟的每一个角落
一湖银鱼发出神灵的光

错过

在这样一个宁静的夜晚
我独自坐在湖边
几枝柳丝还在垂钓
睁着眼睛的鱼儿都已睡着

荷叶贴在水面也会干枯
我错过了荷花盛开的季节
仿佛一个我曾爱过的女孩
躲在我看不见的地方

泪水从琵琶里涌出
放飞一千只撕扯伤口的手
此刻　月光铺满湖面
月亮在水中缓缓穿行

穿城而过(6首)

宵征

接近城市　那片碧空便是不散的前尘
冬日编织的草帽
在风的头上光辉四射
树和我野长的发被雨穿透

青鸟的精神早已逃出喧哗
那根羽毛是我极力的搜寻
只见萧条的苦雨
横断我的茫茫夜途

街灯如鼠　散发着另一种味道
被雨洗净的世界还会有风么
想起前方那个天高云疏的西域
我随之绽放如莲

幽思

时间从心上划过
时间之外的鸟鸣一片一片地枯黄
月在忧郁的草尖上眨着海的眸子
我在烟云之途感觉一扇敞开的门

门　凋零的路

中国当代西部文学文库

横在冬春之间的冰
从墙里飞出的一团火焰
灯光断裂　成为一网捕鱼的视野

群雕呼出的雾披在小城的肩头
呈现另一种美丽
我立于深渊之岸　为所有淡红色的一隅
重新设计最后的夜

兼程

在没有星光的小巷
一个绿色的玻璃瓶子被风击碎
一声狼叫随目光滴落
滴成人的倒影

圣者的呼吸自风谷呼啸而来
潮涌着我苍茫的思绪
我仅仅是尾随太阳而行
反而成为风的小站

我从小城的边缘经过
一阵钟声波复一波地浮现
有一个时刻永远倒下
只有溪声依旧

停泊

蛙鸣又起　织着游荡的时光
偶然传来几声犬吠在网上打结

我在城外被情所困
去年的土坯房成为我唯一的小憩

窗前的树不再吐绿
只讲着一朵花的故事
半截树桩流出铁锈色的血
血染之处　一片花红柳绿

东边的火光冲破云霄
月亮微闭的眼　星星欲滴的泪
都是白昼的痛苦散落于草间
我席地而卧　侧听西风

触到

我被自己抛弃
在没有绿荫的地方
不幸或者幸运都是逃不脱的风尘
西风　从心的最底层掩面而来

在严冬的另一端
我感到冰雪之叶用其瘦弱的光
辉映日月星辰
从雾霭走向晴空　从混沌走向澄明

向西而行　有绿树净化的天地
我是一朵伤痕累累的云
在触到天籁的同时
必将触到自己的明月

中国当代西部文学文库

旋里

西山的风　停泊于黄沙与芦苇之间
如冬眠的毛虫　亏了月晕
我停在路边　为路的又一次开始
虚构一个岩石的家

黄昏滴在脸上
一只残冬之鸟飞向苍凉
那片最初的叶子轻盈自落
孤独似水的枝头风谧云静

空手浪迹的我不识归乡之途
在经过雪桥的瞬间
一盏青灯豁然通亮
默如惊雷

河岸辛巳年（12首）

初月

辛巳年是长河两岸新的开始
东风吹过几回　冰面上陀螺依旧

一双小手从草根里刨出春节
雄狮旋起远山的气　社火耍出泥土的味

箫鼓琴笛使很多人当上新郎
男人携妻带子穿梭于亲戚的院落

羔羊出世　雪堆里珍藏着青草
全村的大人跪在岸边祭祀河神

北方的山川绣上一道道磷光
骁骑野马的大王飙现于第九层天梯

一团幽蓝的火在塔内绽放如莲
雨水未至　风干驼头的漠野有鸟掘井

柳月

背着玛瑙的鸿雁叫开一路杏花
一条条江河放牧着乍醒还眠的水

春雷乍响　惊醒泥土里长长的梦
灵山山麓　一片福地举起嫩绿的手

闯荡世界的人们来去都是归家
眼含泪水的孩子走在树上

灵山瑞雪永积　河岸柳枝驼荡
岩羊野鸡漫山奔跑　果树葡萄伸着懒腰

将昼夜平分　让春天真正开始
潺潺流水领着丽月飘出丛林

葬礼隆重举行　种子埋进土里
接通地气　一碑红月亮立在山上

桃月

白鸽和斑鸠的歌声穿透桃花
身披兜罗的西风带来西域的珠光

葱茏的草木燃起艳丽的花
太阳清新　缘于冬至后的一百零八天

踏青郊外　五色经旗上飘扬着形体
祭扫祖坟　愿诸神得胜人畜吉祥

男人仰望蓝天放飞风筝
女人俯首花丛寻找蝴蝶

雨水生出五谷　爱神君临塞上

一座塑像　白银肚上的金乳房高高圆挺

一匹菁草扎成的马
喝了几口雨水便腾云而去

麦月

夏季的第一天是牯牛的哞声
杜鹃宣布着上天的赏赐　催促植树

长河两岸没有荒芜的河滩
人们背负太阳　守护破土的新娘

一座座山头丁香吐芳而洒下幸运
一汪汪湖泊波光潋滟又风情万种

绸缎旁边的灌溉星罗棋布
翻滚的波浪绊住奔向庄稼的羊群

一位戴着白帽穿着白衣的女孩
呼唤山上荣光闪耀的十万驳马

小麦已经结果　但尚未成熟
悠悠横笛吹出北方季节的旺盛

蒲月

家门上的柳枝艾条无比清香
一场消息的甘霖普降高原

牛羊于草滩上倾听阳光的虫唧
声声驼铃荡起绿洲的气息

彩虹横跨南北　洒下熟透的酒
人们收割　孩子捡拾麦穗

一位老人数不清手上的麦粒
一匹苍狼带着孩子舔着积水

夕阳在灵山之巅碰碎鸟蛋
一钩新月在丝路上趵趵而行

男人把闪烁的醉眼戴在女人的脖颈
最短的一夜　风把星星——擦亮

荷月

知了声声　将阳光倾泻到十座山上
泥泞的洼地蒸腾着盛开的蝴蝶

满脸火光的小暑来自南方
岩羊与苍狼青梅竹马地走进深山

一座山丘长出红色的鸡冠
蹲在路边的牧羊犬啃着炊烟

日到中天　山中之神长出翅膀
被风吹掉的帽子戴在长河的头上

最热的节气　一辆马车白光迸溅

伏月　从荷苞里孵出一身金黄的鸟

一野庄稼倒下沉甸甸的头颅
鸟背上驮着打开心扉的歌谣

霜月

兰秋把麦子堆成一万对乳房
把十万家族百万牛羊喂得膘肥体壮

一串露珠直到中午还挂在孩子的梦里
鹌鹑的鸣唱让每一个人都感到吉祥

稻谷即将成熟的日子钻进捕鱼之网
月明风清　天鹅之湖倒映着天堂

暑气就要散尽　星象一片诡异
一场大风扬起鹿身上的花

射向岩羊的箭落在一块璞玉上
兰湖旁的天鹅舞姿娉婷

灵山上祭祀五谷之神的鼓乐
铮铮铠铠如瀑布披风而下

桂月

水气向下　村里的酒宴摆满丰收
女人穿戴一新　一片花红叶绿

火辣辣的民谣在酒坛搅动
吹唢呐以助兴　敲大鼓为节拍

摆好月亮神像　点燃九只红烛
人们依次拜祭　依次分食月饼

折桂而还　北方的秋天从此开始
一位使者驮回一藏佛经普渡慈航

收割的谷地露出泛青的胡碴
储青就是把阳光装进绿叶

一位找不到客栈的孤行者
今夜会被一轮虹月放进梦里

菊月

露珠闪烁　失而复得的是一次相逢
一队人马采菊而还　一群大雁向南而去

一位穿着白裙的女子伫立于琵琶声中
一个无家可归的乞丐接住天降的绣球

西风乍起　群鹿鸣叫
逆风奔驰的羊群传来饿狼的叫啸

小麦大米和玉米屯满粮仓
一座座簇新的院落如雨后的蘑菇

在天的意志和云的威力中婴儿诞生

一个个地叩响神秘的大门

落在高地上的霜一片圣洁
萝卜和茄子在地上赛跑

露月

孟冬是黑色而年轻的母狼
不知被谁剪掉长发的黑风骤然飞起

一个濯濯的脑袋撞进女人的怀里
咯咯直叫的黑头鹅一如烧焦的木头

灵魂如雪　飞舞于白城黑堡之间
一位白发白眉白须的老人乘鹤而去

整个村庄没有哭声　灵山之麓一片宁静
长河冰封于一夜之间　寒梅已经含苞待放

传说中的大鸟在空中盘旋
又一颗天才的头颅高矗山下

鹿群遁入筛选阳光的森林
每一片落叶都收藏着风声

葭月

冬天的第一场大雪飘遍两岸
旷野上分不清哪个是雪人哪个是孩子

阴阳于灵山之巅主持着祭天的仪式
金钲大鼓齐鸣　桑烟香火轻绕

崎岖的山路没有冻结心头的爱情
天气渐冷　人们把羊群赶进圈里

村里的长者把天神地神的名字——呼唤
雷公电母的耳朵里喷出火焰

小牛犊望着夜空喃喃谵语
从最短的一天进入数九寒天

一对留在湖边的天鹅依偎如春
树木叶子落尽而侠骨傲立

腊月

敲响铜鼓吹起箫　迎接新春向前跑
摆开酒罐肉香飘　娶了美女心里笑

子孙三代像多节的竹子聚在岁末
长者的家里坐着远方的亲戚

最寒冷的日子被风带走
珍藏于冰块里的火焰期待着召唤

喝下烧酒碰上鬼　软了胳膊又软腿
扳过阿妹亲一嘴　五脏六腑化成水

在眼睛里失眠的眼睛点燃泪珠

季冬的太阳倒映着冰川

一帘浅梦缘于彩云的轻抚而莲花盛开
伟大的时间啊　又埋葬了一年的故事

夏都内外（10 首）

钓鱼

不管是成就功名的机遇
还是鱼我影三者的幻化
不管是风中的浣女
还是弄舟的未来

不管是蓑笠翁的孤傲
还是一江秋色
甚至斜风细雨尽在钩上
而留给我的只剩下鱼本身了

直到太阳西斜　我才钓了一条小鱼
恍然觉得另一条鱼在流心碎的泪
可我无法看见
我的眼里尽是湖水

高尔夫球

此刻　一只银球飞向天空
在蓝天下划着弧线
几乎撞上一只飞来的鸟儿

此刻　鸟儿匆忙扇了几下翅膀
飞向远处的白云里

成为白云里的白

此刻　银球消失于我的视野
不知道落在何处
但肯定砸倒了几棵小草

此刻　小草挺起了身子
好像什么事也没有发生
依旧轻荡着绿意

周末心情

今天是周六　我的心情一直很好
这令我惊奇却找不到原因

昨晚下了一夜的雨
早晨　我打开了所有的窗

中午和妻子一起做饭
谈起一篇小说里送花的细节

下午带着女儿去踏青
她把石子当做星星装在兜里

晚上接了一个朋友的电话
问了个好并没有什么特别的事

我快要睡着了
忽然想起上午买了一把带泥的菠菜

月亮邮编

女儿放学回来就钻进书房
我想她在写作业

我在炒她爱吃的土豆丝
一声炸响里飘出生活的香味

女儿拿着一封信问我
月亮的邮政编码是什么

我又一次被女儿难倒
信的内容已被胶水封住

只见信封上写着
宇宙大学太阳系月亮姐姐收

六个填写邮政编码的小方框
空等着我的回答

绿地

一场秋雨之后
竣工的住宅区
楼与楼之间的空地长出了绿色

郊外的农田一片暗黄
街道两旁的冰草都已枯萎
住宅区的草却长得茂盛

一场大风刮过　草绿着
一场白霜降临　草绿着
一场大雪落下　草依然绿着

那不是草　而是冬麦
满脸挂着六盘山的泪水
至今依然晶莹

烟头

昨天下过一场小雨
云层依旧遮住中秋的月亮
我走在银川的步行街
眼前竟然显出一个湖泊

好像是一座大学
一片寂静中透出渗入骨髓的冷
湖上飘荡着燃烧的红浊
去留一无所系

不知从何而来的火光
划着弧线落入湖中
仿佛嗤的一声
接着便是无声无息

白菜公主

我找不到一丝昔日的辉煌
只见一个小女孩坐在架子车的白菜中间
一身绿衣托着粉红的脸蛋儿

中国当代西部文学文库

一朵小黄花开在鬓角

北方的黄昏弥漫着紫烟
人们匆匆回家　一片片菜叶在风中摇曳
我站在路边　觉得自己是一个被弃的婴儿
心底的哭声掠过每一个枝头

我不知道小女孩为什么嘤嘤哭泣
拉着架子车的老人逆风而去
但我知道小女孩就是白菜公主
晶亮的泪滴都已变成星星

小狗

一只站在路边的小狗
左顾右盼地望着车流
朝天空叫了几声
并没有引起人们的注意
小狗向前冲了几次而又退回
终于从两辆黑车之间抬起脚步

笛声的缝隙仿佛只为小狗而存在
也因小狗的穿越而突然闭合
我大喊一声　车队依旧衔尾
一朵白云从车顶轻轻飘过
一个影子在渐趋正午的阳光下
显得越来越深

节日伤口

镶着彩砖的步行街高楼林立
萨克斯和流行音乐此起彼伏
各大商场的门口挂满灯笼
一声声吆喝使节日身价倍增

几个牛仔扔下手里的烟头
提着大包小包的人们绕道而去
几个嬉戏的小孩突然停下
花衣女孩掏出兜里的零钱

一位白发老人跪在街头
双手捧着破旧的罐头盒
他的左腿流着脓血
只有夕阳把他留在暗处

回家

走在银川的街头
我要回到一幢楼的 602 室
那是我和妻子女儿生活的地方

坐在向南的汽车上
我要回到一个名叫沈家泉的村庄
那是我十八岁之前生长的地方

躺在西行的列车上
我要回到江河源头的青藏高原

中国当代西部文学文库

那是我祖辈放牧牛羊的地方

飞在时空的隧道里
我要回到两千多年前汨罗江的石头里
那是我珍藏梦想的地方

长河作画(6首)

玛多之眼

在玛曲踽踽独行
沿着天下黄河第一曲逆流而上
我是一只逃出栅栏的羊
心里猛地长出了青草

雪水流成的黄河
绕着积雪山清清地流淌
流淌如婴孩的眼睛
蓝得透彻　纤尘不染

我已到阳光高原的边缘　玛多
两颗又大又圆的蓝宝石
是黄河神性的眼睛　永远望着天堂
望着背负荣光上升的鹰

跳动的心

我坐在大地的骨骼上
坐在开满小蓝花的八月里
看着黄河里沐浴的太阳
一河的光辉溅到身上

这是高原跳动的心

是远处飘扬着色彩的经幡
是留在岩石之上的足印和符号
被风驮向更远的远处

一种为阿妈为女人为孩子出征的悲壮
我用滴血的肩头背起
在历史闪光的碎片里
一任黄河向上飞翔

长河莅宁

从星洒清露到月涌甘乳
你在青藏高原把羊群放到天边
从涓涓细流到胸纳百川
你在黄土高原唱出民族的心声
从万马奔腾到牛羊遍野
你穿过黑山峡而荡起母性的波光
从一河德水到百渠纵横
你的岸边枸杞吐艳　稻浪流金
从排水沟到艾依河
你最小的女儿在银川盛开如莲
从凤凰城到塞上湖城
你的艾依莎在传说中亭亭玉立

羊皮筏子

十四只羊　驮着一筐青草
两只小羊和一串沙坡头的铃铛
从四月走向炊烟袅绕的村庄

风吹草长　十四只羊
像比翼鸟　如连理枝
出没于一浪高过一浪的水草上

共饮黄河水的十四只羊
反刍岸边草的十四只羊
只活在一口气里

牧归的老人漫起花儿
没有羊圈的十四只羊
卧在牧羊犬找不到的骨头上

泥土之花

我在银川生活了几十年
第一次静静地坐在黄河岸边
望着一河竞相绽放的浪花
却没有看见任何一瓣的凋谢

一朵浪花在河心跳出　落下后
又在前面盛开　又一朵浪花开在河心
但已不是刚才盛开的那朵
那朵浪花已经挺立于突起的浪尖上

千万朵浪花不断地怒放
每一朵都在努力展示高原的色彩
无数朵浪花不停地流淌
每一朵都在泥土的芬芳中得以永生

河过家门

是的　我坐在黄河岸边
看了一个下午的河水
柳枝钓浪花　鸬鹚啄涛声
尤其是夕阳落在河里
我被一河的光辉淹没
又在黑夜之中得以复活

我一直以宁夏有黄河而自豪
也一直以银川没有河而自卑
现在　来自黄河流向黄河的艾依河
从我家门前潺潺流过
我常常和远方的朋友们
聚时品塞上　别后忆江南

贺兰山下（11首）

气息

乘车驰向贺兰山
一路上　我都有一种淋雨的感觉
靠着车窗　听着雨声　沐着清凉
呼吸着青草绿树的气息

久违的气息覆盖了城市
带我回到遥远的乡野
蒲公英的小伞飘过头顶
一个女孩的目光穿透童年

青绿的气息潜入身体
找到曾经的一袭烟雨
系着夕阳的一叶扁舟
还有一曲霜叶纷飞的笙歌

白龙驹

一匹额头有着黑色圆点全身纯白的马
它低头吃草　鬃毛垂到草尖上
它举目眺望　悠然地甩动着尾巴
它背部的轮廓金光四射

这就是天下驰名的白龙驹

是嵬名元昊的坐骑
载着主人出入三大战役
凯旋后　被放生于贺兰山麓

传说白龙驹成了野马
然而　九百多年后
白龙驹竟然在贺兰山东侧的旷野上
嘶鸣不已

松柏

远远望去　积雪的贺兰山顶
透出一丝一缕的苍翠
那是傲视风雪的松柏
从岩石里传来一股扎根的力

哪怕是百花凋零的寒冬
只有松柏仍在吐出内心的绿
一年四季都在生长的松柏
在狂风暴雨里永不退缩

于电闪雷鸣中一心向上
即使在阳光明媚的春天
松柏也不改变自身的本色
沉静于喧哗之中

远去的狼

小时候　狼来到山下
常常叼走村里的羔羊

那一声声狼嗥
把我缩在墙角

几年前　我登上贺兰山
一匹狼让我蹿到树上
打着两个灯笼的狼
在石头上蹲了一夜

到现在　我听不见狼嗥
只见过像狼一样的狗
在这座拥挤而孤独的城市
竖着风的耳朵

白鸽

在贺兰山的滚钟口
一只白鸽从钟声里依依飞起
在透亮的天空下盘旋着
我久久地望着白鸽
期望白鸽把我的梦想驮到南方
还有捎给她的一声问候

白鸽却遭遇了滚滚南下的狂风
夹杂着雪崩的雷声
白鸽划着血色的弧线落在路上
发出一声凄惨的鸣叫
我一任泪水冲洗眼里的风沙
冲出一野淡淡的绿

苜蓿

贺兰山麓的一溜苜蓿
带我回到几百年前的寨堡
宿根的苜蓿一片墨绿
在我的生命深处散发着清香

一列凯旋的战马从远处走来
疲惫的身影长长地拖在路上
一群牧歌唱晚的羊群
被燃烧的晚霞镀上了黄金

而山坡上的苜蓿更加灿烂
深深的根里尽是含苞的花
我的阿妹就是苜蓿花呀
围着紫色的方巾在风中摇曳

小女孩

我来到贺兰山下的牧人家里
一架葡萄藤长在庭院
牧人和一个小女孩
坐在葡萄藤下捻着毛线

葡萄藤隆起天穹
片片绿叶弹响出征的乐曲
紫色的葡萄伸手可摘
一轮夕阳洒下如梦的光

在斑驳的葡萄藤旁

小女孩端来一壶奶酒

我在小女孩天蓝色的眼睛里

看见了天堂

风沙

腾格里的马群越过贺兰山腰

阿拉善的骨碴刺痛世纪的天空

马蹄敲击着我的屋顶

吐绿的树枝断裂于咔嚓声中

马的翅膀抖下令人窒息的沙

今夜　又有绿衣小孩突然失踪

当年的马群来自畜牧甲天下的凉州

一路泉水叮咚　一路风吹草低

赶马人的牧歌羞得太阳无处躲藏

姑娘的一顿鞭子响在空中

成群的骏马经过贺兰山时

每一次都留下马驹和岩画

五瓣丁香

从西北风的阵阵吼声中惊醒

我觉得整个房顶都在摇晃

一股风逃亡于另一股猛烈的风里

满天的沙尘使黑夜更黑

我最担心回家路上或白或紫的丁香

早晨哗的一声都绽开了

传说谁能找到五瓣丁香就能找到幸福

中国当代西部文学文库

我想找到一树的五瓣丁香

给艾依河畔的妻女捎去两朵
其余的丁香都送给不幸的女孩
可今夜的花瓣会不会被风吹散
我紧紧地捂住胸口

芳香

一股芳香一直回荡于小屋
趁我不注意时扑进鼻孔
深深地去闻却消失得无影无踪

好像在太阳晒过的棉被里
在雨过天晴的清风里
在青草摇曳的野花里

又似乎在雨点刚刚落到地面的薄雾里
在香烛袅袅升起的青烟里
在婴儿身上飘荡的奶味里

可这些都不是小屋里的芳香
我只好放下寻找的念头
顿觉贺兰山散发着佛的芳香

篝火晚会

当夕阳西下月未升起星未点亮之时
天是空的吗
天有空的时候吗

天空的时候是一种四大皆空的蓝
一身凡尘的我
怎能看见天空空出来的蓝呢

只见月牙挂在枝头　星星探出脑袋
篝火已经点燃
乐声　歌声和掌声混在一起

夜深且静　远处传来奇异的鼓乐之声
还夹杂马啸　羊咩和鹿鸣
何处的篝火晚会还在进行

贺兰山上

一

贺兰山上　一群仙鹤跳在山岩的两旁
长着松树的头颅走在风中
四只黄羊站在食肉兽的腹里
驮着青盐的双峰驼把星星踩进溪水

贺兰山上　一只山雀从符咒里探出脑袋
谁都可以把盘羊看成饱满的乳房
圆形图案里的白狐冲出围猎
月牙弯刀从凹陷的蹄印里嗅出香味

贺兰山上　一对弓箭架起雨后的彩虹
车轮就是辐射原欲的生命之门
昂首的青蛇在连臂舞中喷吐烈焰
几只脚印将青涩的果子藏在花朵之后

二

贺兰山上　一头猛虎的体内栽满栅栏
大智若愚的黑熊在树根上磨着爪子
飞石索抛出的石头悬于半空
一支箭射落另一支没有射出的箭

贺兰山上　一顶草帽戴在孕马的头上

叠在一起的手印和马蹄在天上飘荡
赤身裸体的格斗传来女人的叫喊
扑向幼鹿的金钱豹猛然停下

贺兰山上　一座刻画的塔成就了因缘
登天的云梯上盛开雷电的耳朵
岩羊之角挑起一阵阵林涛
又顺着月光返回大地

三

贺兰山上　一个勇士向猎物的嘴里插进双臂
山顶上远眺的旗帜把月牙儿拴在枝头
野牛的眼里流出被血浸红的夜色
西夏文字使出征的羯鼓咚咚作响

贺兰山上　一道蜿蜒的山丘放射着星光
被逐的马鹿只剩下鹿角
发光的人面像只剩下眼眶
燃烧的篝火只剩下石头

贺兰山上　一截城墙上摆满盛酒的瓷碗
酒神在一朵雪花上载歌载舞
躺在云马身上的高僧睁开第三只眼睛
山上的大佛呼之欲出

四

贺兰山上　一位盘髻的女人怀抱吮奶的羔羊
任凭西风把五色的旗幡吹得猎猎作响

把所有的衣服吹向山外
只呼唤神灵的大鸟背负祈祷

贺兰山上　一位红衣喇嘛走出岩洞
跨上树木青白的驳马而乌云散尽
只为奔向西风的源头
找到内心深处的那片澄明

贺兰山上　一只雄鹰守护着襁褓中的婴儿
从商周到大夏　再到新的世纪
自苦井沟升起于麦如井落下
驳马的身旁躺着百万将士

五

贺兰山上　一头长发触及白云之唇
天地之驹奔驰着自己的肋骨
风吹草低　皮肤涌出甘泉
惊醒的牧鞭甩起牛羊群里的虎啸

贺兰山上　一代一代的凿刻者从山上走过
没有刻下他们的姓名
一代一代的凿刻者把画留在山上
自己却躲在画的后面

贺兰山上　一次次死去又复活的母亲
将她的眼睛变成太阳和月亮
照耀着开在石头上的花朵
刻在骨头上的神话传说

骊歌十二行

169

塞上风光（16首）

滚钟夏风

行宫远去 琉璃瓦散布于野
别苑已别 隐身于柱础之后
远嫁蒙古而空留眺望的公主台
看破红尘而不管身后的石台佛塔

滚钟口 卧在脸上的两片花瓣
三面环山而面东敞开如钟
夏风 吹奏着一座山的天籁
清泉涓流使红花绿叶一片争宠

远望群山 三峰峭立一如笔架
陡峭的小道将目光抬到山巅
在蓝天白云和青山绿水的怀抱
一日经历四季展臂成仙

苏峪涛声

松柏斜立于峭壁
白雪高举着贺兰的头颅
俯首是万丈悬崖
仰望是鸟鸣漏下的一串洞天和阳光

苏峪口 开口说话便是西风

是原始森林吻响的一波波绿浪
是潺潺清泉荡起的野花
在茫茫云雾中分外妖娆

驾一长车　马鹿岩羊跳跃于林海
贺兰山阙　蓝马鸡漫步于樱桃之谷
杉林中的幽径通向世外桃源
两旁的奇花异草醉了万里云天

贺兰岩画

右手敲击左手　向阳的胸膛一片灿烂
梅花鹿的身上绽开盾牌和天体
眼睛睁圆青铜之弓　鹤唳声声
陷阱里的牧羊犬摇响青铜法器

贺兰口　驳马身上的天然画廊
西夏的太阳女神生下盛酒的髑髅
脚印站立　三根羽毛拉着一个车轮
出征的连臂舞抖掉血肉而挺直脊梁

畋猎樵牧　天堂住在心间
牦牛的脊梁驮着纯白的八座佛塔
民谣随烟而去　灰烬融入岩石
苍鹰飞过投下不能临摹的骨骼

王陵夕照

九座中国的金字塔屹立于荒凉
曾经的万马奔腾只剩下岁月的骨碴

蒸熟的黄土把所有的神秘筑进陵台
西夏的佛光在时间深处骠骑白马

九颗天才的头颅倾斜着山麓
夏都周边的长发舞成剑伤
圆面高准的王国燃尽最后的一滴碧血
逃亡的灵魂被鹰驮向青藏

九轮射落的太阳砸在心上
融进大地的身体掏出乳房
萧萧南下的秋风掐断祭祀的香火
羌笛披霜　无法诉说党项消隐的悲壮

影城雪飘

一部不曾出版也无法盗版的名著
点荒凉成幻景　化腐朽为神奇
字里长满风鸣马啸的枯树
行间空出深巷日出的幸运之门

一卷黄昏底色上原始拙朴的画幅
镇北堡的每一声羊咩都能托起明星
与雪同舞的酒帘上剑光刺骨
月亮门拍摄的电影名叫世界

一本历经八十一难取到的真经
摊晒于爬向黄河的灵龟之背
睡在雪上的婴儿使时光在此停留
让人听见天籁而空手还乡

古塔凌霄

海宝塔　塞上最古老的塔依旧雄伟
多少次残阳西下的沧桑由风诉于铃铎
方形四出轩的金身闪耀着棱角
九层十一级的佛骨铭记着七十二个湖泊

锣鼓木鱼和诵经声都是蓓蕾
槐树上的鹊巢长着一株麦穗
香火袅袅　把千年禅院熏得柳绿花红
苍鹰盘旋　赶上一年一度的盂兰盆会

青砖铺砌的地面通向汉晋
青铜浇铸的宝鼎立在未来的乐园
芸芸众生在来去之间寻找自己
巨大的卧佛枕手独眠

长塔铃声

一片涤尘的圣乐穿透城市的喧嚣
楼阁式的砖塔挺起一身的简朴与淡雅
立于夏都而超越时空
凤凰的翅膀驮着塞上最高的塔

羌笛如雪　落了一地的鸟鸣
金棺银椁里的舍利发出回响
八角形的壁面镶嵌着工匠的灵魂
承天之巅的宝石中珍藏着阳光

回鹘高僧的演经声响在上苍

十一层倒影突现菩萨于长空
无风自鸣的菩提树在三界回荡
攀梯而上　透过西塔之眼顿见佛光

穹顶月辉

坐西朝东　迎接每一天的新生
一钩新月辉映着通体皆绿的穹顶
富于象征意味的小穹顶围在四角
对称高耸的宣礼塔使天空更加晴朗

古柏泼墨清凉　百花放飞幽香
一池荷花映月的喷泉星光灿烂
牛的肩胛骨上记载着神奇的传说
大房小屋在绿荫下回廊相连

茫茫人海里的一座航标
弧形的楼梯通向圣洁之殿
一声问候点亮纤尘不染的玉兰之灯
汉白玉镶嵌的多圆心壁龛光芒四射

爱伊流润

一座男性的大山拔地而起
一路追寻的泪水涸成一个个湖泊
一朵开花的心融进山体
湖泊连起的河把故事讲给两岸

一河芳泽塞上的碧水流过家门
胸腔里回荡着不尽的鸟语花香

一条浸润生命的银河贯穿凤凰之城
城里萦绕着始终相守又始终离别的天籁

不忍心泛舟　　不忍心垂钓　　不忍心戏水
只是静静地望着河面
从芦苇摇曳的光晕里
映出那座唯心所现的山

临河听涛

水洞沟　　三四几万年一个前学步的脚印
走出脑海　　在石头上踩出火苗
血浸的石锥将鸟蛋串成项链
头枕青山的石器卧听浊浪和松涛

黄河渡口　　自古一道绾住东西南北
凝视长河落日的青铜宝剑回不到剑鞘
月光洗白浪花　　石头溅起风声
一叶扁舟摆渡着两岸的悲欢离合

古堡　　依旧回荡着明朝的马啸
大雪飘舞　　西夏女神的长发光晕闪烁
康熙扑灭大漠狼烟的旌旗猎猎作响
神话里的大鸟蹲在河沿

黄沙古渡

月牙湖仰望贺兰山巅的积雪
风声从中穿过　　讲述着前世与今生
滩涂的卵石　　汀洲的新绿和毛乌素的黄沙

都在共享德水的轻轻抚摸

当第一勇士伫立渡口
就已放马漠北　筑城万里
而昭君自此渡过长河
落了大雁　也落了边塞的狼烟

是黄沙生出大嘴　还是横城长出渡口
残存的烽火台释放着内心的孤独
筑在枝头的喜鹊巢使蓝天更加旷远
鼓乐响起　祭河的仪式化金为水

沙湖云翔

一千对西夏的白鹤满天飞翔
一万双农家的小鸭变成天鹅
芦苇荡于一夜之间孵出满天星斗
天使的翅膀把天穹擦得锃亮

旷野雄浑　怀抱秀丽的水乡
民歌粗犷　荡起温柔的眺望
在沙里　在水中　都是阳光之浴
尘封的心灵喷出蓝天和白云

轻风铺开锦缎　小舟缝成嫁妆
绣上跳跃的鱼　镶上金色的沙滩和铃铛
一湖铜镜摇曳着桃花的倒影
顶着红盖头的新娘坐在轿上

沙坡晴空

翻开一页发黄的纸
画上草的方格　写下树的汉字
一篇治沙的论文震惊世界
横贯腾格里的大动脉恰是标题

头顶丽日滑下月牙儿一般的沙坡
桂王城里警钟鸣响不已
公主的泪水从沙坡下汩汩流出
沙子却于一夜之间返回坡头

乘坐羊皮筏子漂流黄河三峡
明灯夜照　转动的水车洒珠吐玉
柳枝垂钓　浑圆的落日把水天镀成金色
白马拉疆　臂弯里的水仗还在进行

青铜峡光

大禹挥舞巨斧劈开牛首
冲开栅栏的野马踏平重峦叠嶂
一道鹊桥架通两岸而发出雷鸣和闪电
一叶飞舟溅起朝霞而挥洒青铜之光

一百零八座彩绘的砖塔趺坐山坡
一百零八个西夏的头颅想秃白发
一百零八位实心的喇嘛回到天堂
一百零八种人生的烦恼留在此岸

一百零八万候鸟在岛上生息

红柳丛里的翅膀紧挨着翅膀
随春归来　枝头孵出一缕缕炊烟
大河上躺着形同鸟蛋的三个夕阳

须弥春色

大佛从石头里一觉醒来
于黄土高原里翻身顶起一山的苍松翠柏
弹落的灰尘传来一片雪花的鸣叫
含笑的嘴角使太阳默如黄金

一百多辨莲花从北魏蜿蜒而至
一座座天梯把第三只眼睛镶满峭壁
伎乐飞天于琵琶声中长出闪光的翅膀
脚踩夜叉的力士攒折手指

淙淙涧水把石山锯出一缕蓝天
漫山堆叠的野桃花被风点燃
放不下师傅背女过溪的小和尚
还在桃花洞里苦思冥想

六盘秋景

饮水的梅花鹿饮出一条盘山道
秦皇祭祀朝那湫的鼓乐荡在风里
一片白云投下太阳的轮声与鞭影
贮冰藏玉的老龙潭梦见小溪

一代天骄在凉殿峡策马而去
开着豌豆花的喂马槽一线通天

一溜溜南归雁写着小楷的家书
淹心的花儿使二龙河九曲回肠

绝壁生出劲松　溪水绽开荷花
泾河岸的龙女峰把石头牧成羔羊
丝绸上的秋千架荡起大海的回音
红桦林拨亮一山的缤纷与鸟鸣

眼神

一

仅仅是擦肩而过
却让我停住了匆忙的脚步
几乎同时回首一望
我无法说出心里的感受
只觉得隐秘了很久的一个角落
突然涌进一片清澈的光

不知相望了多久
说不清是什么原因
我转身离去　尽管我走得很慢
一直想停下来　还想回眸一下
更想追上前去对她说上一句话
但我还是走进越来越深的黄昏里

二

同样的时节　同样的黄昏
在南方的一个林荫小道上
迎面走来一位白衣女孩
那双在秋风中闪烁的目光
闪电一般划破我的夜幕
清理着我走过的路

中国当代西部文学文库

随后便是一眼来自大漠的清泉
荡漾着蔚蓝色的轻波
缓缓渗透我所有的堤岸
仿佛流进陶罐的水
不仅挤走了里面的空气
而且挤碎了陶罐

三

很多年了　那双恋人才有的目光
去了哪里　躲在何处
很多年了　我整天都在忙些什么
陷入身外之事却浑然不觉
读书万卷如何　行路万里怎样
我一直在远离自己

直到另一双目光出现于银川街头
一种朦胧而清亮　温柔而坚决的光
直抵被我遗忘的一隅
才引领我回到自己的内心
唤醒那双遥远而凄美的目光
以及其中蛰伏的神性

问候

一

面对一张白纸
我不知该怎样落笔
我怕写错而涂掉
怕听见揉纸的声音
更怕一旦下笔
就意味着一个无法挽回的错

可我最想写下一句话
你好　近来可好
我不知道你是谁　现在哪里
是离我渐渐远去
还是隐身于茫茫人海
或者从天地的连接之处姗姗而来

二

关键是我把白纸举到亮处
看见手的影子
一缕缕飘荡的烟岚
一朵朵静默的白云
一个隐隐约约的面庞
以及神秘天空漏下的阳光

我听着笔在纸上滑动的声音
或轻或重　或快或慢
其中夹杂着我的一声声感叹
并使我穿越了城市的头顶
一群白鸽在上午的阳光下
飞得只剩下翅膀

三

不管你能否听见我的问候
已与这张白纸没有关系
即使写错而涂掉
但问候依在
这已足够
足够让我感谢北方偏西的初冬

把一座座草垛留给牛羊
把白菜土豆和萝卜运回家里
把上学的孩子接到火炉旁边
银川的阳光尽管灿烂
但我要写下一场瑞雪
让我的问候随雪飘扬

味道

一

黄昏时分　我毫无目的地
走在街上　大脑几乎一片空白
一股强烈的气味扑鼻而来
使我一阵眩晕
我见过的花朵同时盛开
我到过的地方全都浮现

一种被轻抚的暖意之后
是一股透心的清凉
非常亲切的气味只闪现了一下
可能不到一秒
我甚至怀疑那股气味不曾出现
而是我突然想起了什么

二

比如一个积雪的村庄
枝头的喜鹊叫了几声
一股炊烟走得太快而闪了小腰
或者那股气味来自很远的地方
一路风行但没有混同于风
仿佛只为回家

中国当代西部文学文库

我是气味的家啊
所以当气味抵达我时
已经耗尽了最后的力气
任我怎样深深地去嗅
也不见任何踪迹
就像我无踪无迹的家

三

此刻　我站在银川的丽园巷口
迎着徐徐拂面的春风
一阵阵丁香的芬芳飘荡过来
夹杂着尘土和汽车尾气
以及说不上名字的香水
我在众多的气味中

极力分辨着只属于我的那股气味
并且找遍了内心
好像是雪在手上融化的气息
又觉得是大年三十的香味
只是这股神秘的气味没有名字
也无法比喻

卷四　四处皆乡

朔方春雨（6首）

雨声

其实　雨没有声音
在云里只是不小心碰出了天籁
从高空下降不过是带起了风声
落在夜里便是钻进梦里的一声声呼唤

尤其是初春的雨越下越细
千万根喑哑的琴弦
只待枝头的叶子弹出旋律
但小草还在沉睡

雨只能直直地打在地上
打在裸露了一冬的骨头上
雨声便是雨打骨头的声音
是骨头开花的声音

雨花

雨从云里出来的时候
谁能分清哪些是雨点哪些是雨丝
哪些是雨在降落中组成的平面
雨打在地上才有乐声

噼里啪拉里传来泥土的芳香

一汪汪积水荡漾着大地的心声
雨落在水面便平静了许多
小小的花朵不停地绽放

是什么力量闪现着这片瞬间的灿烂
每滴雨看似一样但决不相同
我久久注视的那一朵雨花
已开在另外的花里

雨滴

一个雨滴落在含苞的桃花上
便从内部把花瓣撑开
一个雨滴落在大地
不一定能敲开小草的大门

一万个雨滴都留在树上
第一万零一个雨滴缓缓蠕动
一块冬麦地需要多少雨滴
埋在土里的火焰不敢说话

可我需要站在雨里
让雨把我浇透
是那种渗入骨髓的透
那种泪滴一样的透

雨丝

谁把乌云钉在虚空
一帘垂柳反射出白银的光

接着便是悠长的秀发飘到大地
一个女孩的名字飞向大漠

我僵直地站在烧焦的废墟旁
望着一群鸽子越飞越远
谁的荆棘之舞化成一片箫声
尘封的柳丝渐渐透绿

一个个柳叶探出小小的脑袋
将下滑的雨滴弹向空中
正好落在我的身上
只是没有留下一丝风声

雨光

我听见风从远山呼啸而来
在呼吸之间显得十分清晰
放眼望去　一道紫光在枝头流动
燕子的翅膀上闪烁着久远的谚语

乌云因我的注视而铺满天空
阴沉之中闪出微弱的亮光
我从亮光里看出一场绵绵的雨
正如乌云看出降临的夜

夜看出一盏油灯里面的漆黑
而落在漆黑中的雨是多么明亮啊
仿佛是一片被融化的光芒
发出自己的响声

雨歌

整个夏地细雨绵绵
一帘黄昏被风吹斜
黄河上刻满了六字真言
一地的眼睛闭上而又睁开

挽歌来自大夏的天堂
反弹琵琶的飞天穿行云间
一滴滴泪珠在弦上滚动
远处的小黄花绽开无边无际的哀伤

我无法忘却夏亡的剧痛
一任泪光穿透燃烧的黑夜和不尽的哽咽
一任党项的几百架鼓乐捡起生命的阴影
一任蜷曲的纸灰永留伤口

顽石滴血（6首）

石鹿

又见黄河　我赤脚走在河滩上
一件灰色的石雕突立眼前
一只身上开花的小鹿眺望着远方
清亮的眼睛放出青藏高原的阳光

一对鹿角却从根部断裂
小鹿静静地站在树荫里
阵阵喊杀声依稀传来
寒光闪闪的月牙刀在空中飞翔

小鹿的角流出浑黄的血
一直顺着脖颈和前腿流到地上
六月的雨下了一夜
也没有洗去小鹿身上的血痕

石佛

该怎样描述这个无声的石头
石头坐在黄河岸边的沙滩上
被泥沙拥到咽喉
又被浪涛洗去一身的红尘

历经阳光和风雨的敲打

在涛声与岁月中磨去棱角
我抚摸着石头光滑而明亮的头顶
是什么法力让石头一坐就是千年

再过千年石头依然如故
只是一层一层地脱掉身上多余的东西
直到露出透明的骨头
一座佛塔直冲云霄

石画

终于来到西夏的发祥地
山川依旧却不见大迁徙的旗帜
只听见头颅撞响黄河的声音

一串足印深陷玛曲开花的八月
一个从青石里长出的白色图案
刺痛我记忆中的女巫

在黄河中游的贺兰山
向阳的岩石上刻着一个女巫和几件法器
诉说着一个民族消隐的惨烈

图案与岩画相距千年却如孪生姐妹
相隔千里却跳着同样的祭天之舞
而我在石头里寻找血液

石花

住在黄河岸边的一家客店里

窗台有一盆叫不上名字的青草
今天却开出了小小的花
淡紫色的花有点瘦小

我赶紧给花浇水
看见草丛旁的石头
除了一层薄薄的绿苔
几乎与沙土融为一体

但仍然是黄河特有的卵石
是哪位有心人把石头放进草丛
我没有找到牧羊的人
只相信石头也会开花

石鱼

谁在客房里摆了一个瓷缸
里面只有两块石头
一块是长着小草的大漠
一块是小黄花盛开的夜晚

我天天给石头换水
望着石头卧在清澈的水里
身上的色彩越来越鲜艳
恍惚间　石头长大了许多

今夜　我听见了石头的喃喃低语
一缕缕灵气飘荡在黄河的涛声里
石头在夜里睁着眼睛
在水里吐着气泡

石光

在青藏高原日夜兼程的尽头
是冥冥之中被一块白石绊倒
我抠出石头时残阳咯血

一块白石　紧贴大地的一面群山起伏
一根蓝色的线条穿行其间
分明就是由纤细到宽阔的九曲黄河

黄河把拳头大小的白石留在河边
我把怀抱黄河的白石放在书架
流经银川的黄河荡起回声

白石　在夜里让我看见要读的书
看见一条蓝色的黄河
在一排排书脊上汹涌澎湃

月光之语（8首）

飘舞

月光　你古典的长发飘扬
淡紫色的小雪飘飘洒洒
白银与五彩石的碎片飘成旋律
我在黄河曲的一角
倾听着天空丝丝缕缕的声音
与月光共舞

月光　一朵忧郁高悬的云雾之草
在临风而立的石头上平平仄仄地绽开
一对结冰的眸子回荡着月翎闪烁的节拍
一双月季花的手大片大片地怒放着舞姿
月光踩在曾经的月光上
留下凄美的马蹄和疼痛

涵盖

月光　你清澈的目光投向天地
我被漫无边际的叶子拥吻
被芬芳弥漫的瀑布涵盖
你唱出一朵朵火焰　舞起一群群光鸟
风从四野八荒漫溙过来
轻轻旋起积雪草上的光晕

月光　你轻歌曼舞的女孩
飞越灵山　云朵和星星
你额头弯弯的羊角纤尘不染
释放着洞彻心灵的光华与暗香
还有你无边的忧伤无边的梦
一条回家的路　从夜晚伸向夜晚

惊醒

月光　泼墨于朴素的旷野
一座座英雄的村庄越长越大
你守着桃花源头的喁喁私语
童年的水声从雪山淙淙传来
悬崖上的牛羊潮动成画中的风景
青青的牧歌被苍狼反复回味

月光　跳跃于枝头的鸟
惊醒一丛丛做梦而深厚的往事
在倒影巨大的空白里
你大口呼吸着我不能表达的心声
月亮湖里那条殷红的鱼跳动着
洇开夜色的霜天雪地

栖落

月光　洒在生命里的盐
一片一片展开影子的原色
潺潺流淌的线条飘荡着家的馨香
含着永不凋谢的羞涩
阴晴圆缺地透视着远方

你含情脉脉的窗口明净而亮丽

月光　一个宁静的村庄
一瓣节节花栖落心头
几声犬吠飘过草地的上空
成为渗入骨髓的一片空明
我朝着家的方向铺开自己
拥着酒一样的月光沉沉睡去

洗涤

月光　来自宫殿的最纯粹的笛声
太阳在背面流着晶莹夺目的泪
积雪山的石阶上风起云涌
一群翅翼生辉的天使从天穹飞过
你躺在时间的花瓣上
透亮如婴儿

月光　一双双白玉的手
怀抱着小草的呢喃
你以高过天堂的方式凝望
那位步履生花的天鹅之女
一首激荡冥冥薄暮的圣乐
洗涤你不尽的云烟及舞蹈

深入

月光　一个纯贞的故园
开满了原初的鹤鸣　松涛和民谣
还有你含苞欲放的眼睛

静静地把我融化
那是秀秀潇扬娟娟翩舞的轻纱
透亮如羽纯美如莲飘洒如雪的记忆

月光　让我深入生死之间的宁静
透过树枝颤动的琴弦
被月光普照又飘出月光
在那扇不朽的栅栏之旁
站成一盏黑夜边缘的灯
抑或月光深处的回声

波动

月光　天使之神抖落的羽毛
大地上林立如竹的苍天
飞进梦里的蒲公英的异香
晚风拂起的霜叶覆盖了霜叶
缥缈的更声被天堂之酒浇透全身
波动着我渐渐淡去的色彩

月光　你生存的水和追求的气
随着江水潜入地界的海底
缘于烟火攀上天境的山巅
我感到一片天神君临大地的温馨
像目光遥不可即的眼睛
升腾着生命的一枝一叶

触摸

月光　从苍茫到澄明

升起或降临于任何一方水域
照亮每一个萍踪浪迹的黑夜
拥着星群吻着披雪独眠的一鸟一石
一树燃烧的桂花创造着世界
而我正在同你对话

月光　一句句神灵的语言
一道道洞穿西行离别的闪电
一声声叩响游牧晚归的惊雷
月光　我的天堂和梦的故乡
我永远的心灵的触摸
永远的翔舞　永远的预示

隐形的力（10首）

白马奔驰

一匹白马奔驰于我的体内
越过长着柳叶的栅栏
白马的眼里兜满了风
踢翻水桶让太阳坐在上面

白马的身上生出一双闪光的翅膀
将连绵不断的山峦踏成旷野
白马奔驰于白云的上面
碰响沉默千年的铃铛

白马留在石头里的蹄声嗒嗒作响
天堂的草原更加无边而丰美
而我却回到大夏
乘着一道穿过云隙的月光

雕花马鞍

五颜六色的野花开在雾里
开在辽阔无边的草原上
我看见栅栏里的羊群
它们的目光穿透清晨的吆喝

一股炊烟在雾中迷失

中国当代西部文学文库

一朵火焰却跳动着淡淡的红
远处的白色族帐由小到大
一直被雾推到我的面前

一个雕花的马鞍多么熟悉
多么神奇地悬在空中
我没有找到马和骑手
大夏皇宫的鼓乐响彻天地

一盏油灯

我垂下头颅感到自己的内心
一盏油灯猛地亮了
亮得那样熟悉而又陌生
弥漫着胡麻油的气息

具有阳光的温暖　月光的清亮
和星光的闪闪烁烁
但只是一盏燃烧的灯
不论是白天还是黑夜

灯　无声无息地亮着
放出一圈一圈的光波
穿透一切障碍却不留下一个影子
一盏独自亮着的灯　让我无话可说

一朵白云

此刻　一朵白云触到我的头顶
然后向东飘去

白云是从一个湖泊升起
还是从一个山洞钻出

这都不能说清云的白
也与云的去留毫无关系
云在我看见之后便没有了颜色
这让我感到电的闪现　雷的炸响和雨的降临

可那里已经没有云了
云只在这里
不过我不能言说一句
就像我不能言说与此有关的时刻

陶瓷花瓶

一个洁白的陶瓷花瓶
从西夏到现在没有一点残缺
当年是哪位女子插过哪些鲜花
浇过哪口井里或者哪条河里的水
又在风尘中经历多少人的珍藏
只有花瓶守着秘密

夜深人静　我似乎听见什么
感到一个女子在瓶口轻歌曼舞
很像十月的金菊
散发着一圈淡淡的光晕
花瓶为我诉说着一段忧伤的故事
水在天上而花在瓶里

声响

一枚落叶从泪珠里走来
银光熠熠的天使立在半空
猛烈而模糊的声响劈开夜晚
滴水的钟声洞穿命运的旅途

半截影子一跃而起
纷纷飘落的羽毛覆盖了大地
剧烈跳动的金星击痛四壁
一片宁静使我的呼吸更加漆黑

剩下的一本佛经含着枕角
出笼的鸟儿驮走惨白的月光
斑驳的墙上长出一座坟堆
一片犬吠漏下天外的哭泣

静极

静极　所有的声音都已消失
而静活着　和空气一起
充满每一个最小的角落
但静不是空气

静已渗透天地间的任何一个事物
不管月光如何打在地上
杏花怎样放出内心的秘密
一种无形的力都在步步逼近

我觉得自己在一点一滴地融化

呼吸和心跳即将化成泪水
遂将眼睛一闭
在青铜古钟里默默祈祷

隐秘的空

闭上眼睛感觉一下自己
只有一点亮光的漆黑渐深渐广
覆盖了大地上所有的道路
接近一个阳光照耀不到的地方
在水和空气之外
一个隐秘的空白正在形成

一双巨大的翅膀融化了天堂
越过时间的源头
抵达至高无上的绝对
一种神秘的原型散开而又聚集
一个个眼睛不断地睁开
不断地传来溪水的回声

原初之力

一朵乌云怎样升到天上
太阳为什么永远放射着光芒
一段往事怎么又在眼前浮现
开在心上的花朵为什么不会凋谢

这种无所不在的力形成于何时
又如何隐藏于事物的内部
为什么呈现在我的面前时

中国当代西部文学文库

每次如佛具有不同的形象

比如一匹马的奔驰带起风声
一棵树的开花唤醒蝴蝶
我知道天空充满着向上的生机
但不能阻止一场雪的降临

无时

一个没有时间的地方
我在眨眼之间就已抵达
像回家一样常在那里生活
让伤口愈合　让心灵洁静

那里没有日月春秋也毋须回忆
炫目的星星挂满天空
照亮怒放的野花和长不大的羔羊
所有的树都在弹奏乐曲

那里怎样开始便怎样结束
赤身裸体的人们用眼睛对话
与飞禽走兽一起舞蹈
天上天下任我飞翔

灵如风啸（16首）

期待

我以春天的名义呼唤西风
自从西风把雪花放在我的胸膛
不管是昼夜还是晨昏
我都在期待西风巨大的吹拂

风啊　可以来自任何一个地方
但我只要西风　那个狮吼的西风
请西风吹散我的长发　衣衫和血肉
让我随西风一起横扫阴霾

可我的四周没有一丝风声
只有来自物质深处的私语　歌声与轰鸣
在我的耳朵里生出道路
并且伸向四面八方的田野

相拥

风吹身上是感觉的无边
是源源不断的相遇和离别
脸庞迎风　长发飘舞　衣角抖动
但风不被我看见

头顶的白云在飘荡

路边白杨树的叶子沙沙作响
叫不上名字的野草扑倒而又站起
这与风有关　但不是风本身

来自西天的风　吹向东方
我面西而行　与西风相拥
感到的是另一种温暖　充实和欣慰
连同我的内心

悬挂

西风　几度疏远的启示
曾经随意出没于我飘逸的长发
西风　带着灵岩圣地的气息
在水面上留下寻找太阳的足迹

可不曾光顾这间星子投宿的茅屋
拥我入眠并教我入梦的影子起身远去
没有风声　只有死寂
静得令我顿失感觉

朗日初升　窗外的残雪深处
一株世上最小的草挂着西风的碎影
被恐惧淹没的我
竟然无知无觉

搜寻

在江河的源头有西风的精神
有我永远追寻的纯净

凝望天涯　我没有瘦马可骑
但我有的是草木生长的力量

让目光伸向邓林深处
探究悬在树上的巢
让头颅垂向悬崖上的洞窟
聆听诵经声里的西风

在德水河岸　我不曾惊动垂钓之趣
只拨开萋萋芳草搜寻西风的脚步
纵是深山野岭万石之罅
我都用心触摸

静听

鸟　未来的预言者
请悄悄告诉我　囚于西山的风
何时救我出狱
开启我的第三只眼

走进一个神奇的幽谷
我静静倾听那只手的声音
始觉孤云出岫
恍若另一个陌生而簇新的世界

我吹响谷溪之笛　惹出一片鸟鸣
在浪花的私语中
我感到步履生莲的鹿女飘飘而至
带来醍醐灌顶的西风

牵起

将大网向西抛去
西风如水　但网底自有一轮天地
一个淳朴宁静的家园
我只需牵起原本的自己

让古道隐退　足迹消散
让西风坦若牛背
一曲水草葳蕤的牧歌
随即从南山脚下飘荡而来

那位被情分裂的倩女
游灵于十里长亭之外
我的归途　一片明镜似水的旷野
一束七彩的光带

浸入

又见我挥别的竹篱
果然多了一层新春的意味
跳出几朵火焰之花
我枕书高卧　已是月悬东城

清澈而柔和的光辉
浸入我身体的每一个部位
在撕心裂肺的瞬间
我看见真正的西风

在我忘却西风的茅屋

骊歌十二行

211

像一颗来自生命深处的水滴
停泊于我的枕畔
显得无比晶莹

同眠

短笛与网从指间凋落
万里之路暂时终止
万卷之书置于身旁
远方之思放在心外

我只与西风同眠
只要西风与我相融
一片巨大的宁静辽阔了我
在这样的雨夜

我不管花草树木怎样荣枯
飞禽走兽怎样栖息与腾飞
又有多少芸芸众生走在朝觐的路上
我只管睡去

吹拂

在梦里　一阵一阵的风吹拂着
源源不断地来了又去
丝毫没有减弱或者增强的迹象
始终如一的风里没有声音

风只是不停地走在路上
不会聆听树叶的响声

不去注视一只鸟儿的飞翔
也不管捎给大地的是寒冷还是清凉

在风的眼里一切都不存在
从我的身体徐徐穿过
风能抵达任何一个地方
敲响天空的窗

呼啸

是东风南风西风北风
又不是东南西北的风
是扶摇直上的旋风从天而降的霄风
又不是地涌天降的风

白杨树的叶子一动不动
正在一点一点地由绿变黄
大雨过后的积水没有一丝波纹
从上到下地凝固成冰

我感觉不到西风的吹拂
可风的呼啸一直从耳鼓渗入骨髓
秋后的荒野一片死寂
掩盖了来自心底的风声

盛开

在我独居的小屋
一种熟悉而陌生的声音荡满山谷
一匹苍狼在石头上写下经文

大地的长叹从汉字里一跃而起

一只猫头鹰从树上摔到山下
将泉水里的星星溅到岸边
一个黑衣女人走在雪地上
明亮的酥油灯于头顶飞来飞去

细细一听　磨刀的响声渗出血滴
我没有感到一丝的疼痛
但的确有一把风刀在割我的耳朵
我猛然起身　洒满月光的地上莲花盛开

风画

一张白纸　比雪原还要纯净
冬夜　如徐徐绽放的花
只因一杯昨天的茶被我失手打翻
一群饿狼从峡谷涌出

狼群沿着山坡漆黑漆黑地奔驰着
奔向山下那只不再迷途的羔羊
一座茅屋欲倒未倒地立着
门和窗户透出淡淡的光

狼群在屋外蹲成一圈栅栏
茶香渐渐散尽　一幅画留在纸上
白天在山上放羊的老人
正是我梦中见过的风神

失眠

我已毫无睡意
山间的夜晚只因风声而静得漫无边际
徐徐飘来的月光
传来夏都如泣如诉的琴声

那个曾在篝火上舞蹈的女孩
此刻就像一滴泪水打在手背
渐渐变成一滴鲜红的血
正如细小的花茎会顶起大朵的花

我看见达摩祖师仍在面壁
整个背影就是一只不眠的眼
而一枚叶子落在睫毛上
所有的叶子都沙沙作响

留下

窗外　风声渐紧
那个石碑的脚印走向天空
日月星辰守护的陵台露出伤口
我在呼唤一场瑞雪的降临

我一直伫立于生命的边缘
等待荒凉的山坡一夜泛青
我便能找到那株梦见紫莲花的草
在草的眼里看见漫山遍野的羊群

我从敦煌带回的杏子

在竹篮的一角鲜艳如初
如婴儿的脸回荡着所有的歌声
并留下这个歌声的夜晚

逆行

笛声又起　翻过贺兰神山
眨眼之间抵达黄河岸边
风从河底跳出
一朵向日葵在墙上隐约呈现

我趺坐于土炕上
抚慰着西风带来的清晨和鸟鸣
在这样一个倾听笛声的时刻
我感到喧哗与宁静相融的妙不可言

我要再去寻找西风的踪迹
一个民族消失之后而留下的传说故事
我将逆风而行
直到所有的风都在心底停息

传递

我已经感到
在西部的一个峡谷里
有一尊闪闪发光的青铜坐佛
当风吹过　便发出吟唱六字真言的旋律

并和着我呼吸的节奏
我忽然觉得自己是一个飘着乳香的婴儿

中国当代西部文学文库

鸟鸣　泉水乃至远处的狼嗥
都在传递一个神秘的声音

还有石头说出的话语
被山间的风带向东西南北
我只听清了一句话
上到山上你就飞

与雪同在（20首）

小城的雪

离开故土便失去了那种恬静
盲目于荒凉的街头方知身不由己
小城的雪同整整一冬的盼望一起落下
我活在冬天的最深之处

一身破旧的乡愁贴在心上
我不敢停步可又不知该去哪里
街灯下的雪地闪着幽灵的紫光
我踩着影子踽踽独行

不再担心无路可走倒也轻松如风
连同手足也温暖起来
雪　越下越大
我像一块被雪融化的冰

回家的雪

走在积雪的街道
我是别人眼中的乞丐
但我的确是自己的上帝
不怕任何意外　抢劫或者谋杀

人们陆续回家　不管幸与不幸

身上的雪花会融于家中
我仍在幻想
雪会落成厚厚的棉衣　暖我

只是　雪被风卷走
我不知家在何方
只是很想很想找到
那个卖火柴的小女孩

时间的雪

从他乡的雨返回故地的雪
我走向一片闪烁的灯火
受伤的身上穿着夜色
一阵一阵的风从骨髓里穿过

今夜的严寒只为我而降临
我的血液与时间一起结成冰凌
雪下了很久
下得没有丝毫的变化

比如雪花被风吹斜
比如雪花再大一些
比如雪花没有落在雪上
我只看见一只黑狗走成了白色

故乡的雪

一朵雪花被黑暗挤哭
大地深处传来小草的梦呓

我成了一匹陷入羊群的狼

把自己的影子踩进雪里

云里的北斗星说出一个天大的秘密

我是故地的流浪者

走在空无人烟的旷野上

漫天大雪发出震撼心灵的哀歌

落在身上的雪找到了故乡的雪

找到了雪里跳动的火苗

和我紧紧地拥在一起

流成一野大地的泪

梨花的雪

越过旷野　　越过一身的白雪

面前所有的树都开满了梨花

从骨头里钻出来的花瓣

在天亮以前　　曾怎样恣意地怒放了一回

大雾弥漫　　天堂所有的鸟都来到塞上

来到这块洒满鲜血的地方

白茸茸的羽毛裹住旧痕与新伤

两三声鸣叫荡起隐隐约约的光

走进树丛　　任凭头顶栖落一万朵花瓣

不管养蜂人留下的灰烬如何眯着眼睛

我只搜寻从天外飞来的大鸟

那只背负灵魂的大鸟

月亮的雪

苍茫极顶从云雾中探出峥嵘的头角
一座大海上移动的冰山
一位君临贺兰山上的白雪女神
我仿佛看见黄河两岸的羊群

一声声羊咩打在村庄的身上
所有的雪花都奉献了一生的光芒
当千年积雪发出爱神的光
白玉和银子相碰的响声找到了走散的星星

剩下的响声都被鸟儿衔进梦里
只有一声叹息还在回荡
近在咫尺而远在天涯的如泣如诉
把雪旋起又轻轻放下

语言的雪

黄昏的碎片咯吱作响
平静的积雪小道布满霞光
冻红的天空透出泥土的色泽
一个雪团飞向路边的树

几只小鸟远飞而去
枝头的积雪大块大块地砸在井边
孩子的雪人吐出鹅黄
一对恋人的眼里溢出芬芳

我端着盛雪的银碗

坐在冬眠的田野上念念有词
天使之雪化成水
透明之眼望着天

红炉的雪

风停了　我走在回家的路上
在一家村民的门外
为一只火炉而停住脚步
我望着雪花落在炉边

一圈的白刹那消失而又呈现
一圈扑闪的白眨着毛茸茸的眼
提起奶壶　所有的雪都扑进火炉
吱吱唑唑的响声使火苗不停地跳动

雪里的一个火炉
是我遇见的自己
火炉里的一片白雪
是我发出的光芒

埋葬的雪

记得踏上回家的路
却怎么走到了山下
漫天的春雪充满白杨树的每一个空隙
放出白石内部的光

轻轻地不能再轻地簇拥着我
比宁静细小　比花香柔软

我要在山下疯跑一回
堆上十万个同我一样的雪人

然后与西北风一起躺下
让雪栖满双眼　请雪将我埋葬
一直躺到阳光明媚
我便是顶起春天的第一株青草

阴面的雪

在墙角　在田埂　在枯草丛中
我又看见了雪　犹如神灵
蒙着一层淡淡的灰尘
依然透出婴儿的白

阳光下的雪都已融化
而阴面的雪珍藏着月光
在空中飘舞的雪
无法选择落下的地方

尤其是贺兰神山上的雪
还是一个月前的样子
一匹站着睡觉的骏马
在夜里闪着光芒

惊蛰的雪

这是一场三月的雪
大片大片地落在惊蛰

清凉的雪随风弥漫

快要落到地面而又努力飞起

似乎承受不了来自虚空的力量

一任雪的泪水怆然而下

雪落在鸟儿的身上就跟鸟儿一起飞了

雪落在羊羔的身上就跟羊羔一起咩叫

雪落在桃花的身上就跟桃花一起盛开

雪落在我的身上就跟我一起醉在路上

雪落在地上就化了

只有草丛藏起一朵一朵的白

精灵的雪

冬日的小城不曾飘雪

春风吹过 雪反而来了

来得寂然无息又急促地敲响门扉

惊人顿悟所有的伤感与忧患

华灯初上　我孤行街头

感受自己心底的火花

让迟到的最可爱的小鸟一样的雪

栖于发丛

可是　雪只在空中

刚刚落下便化成了水

我不忍前行　怕踩疼小小的精灵

而那位名叫春雪的女孩　你在哪里

路途的雪

这场春雪落在西域
只绿了一把雨伞
一位女孩从悠长的路上姗姗而来
雪短暂地飘着　水永远地流着

我没有伞也没有草帽
茅草一样的头发把思想保护得很好
我是雪的使者　云游海角天涯
欲洗世尘却如树影扫地

看不清女孩的脸　她撑着绿伞交臂而过
修长的影子一片淡绿
我走着雪的路没有回首
只掬起破碎的水中之月

黄昏的雪

悄然而至的风
折断了我寄给西天的祈祷
最小的一个梦现实得仅剩万分之一
一幅剪纸的图案

一眨眼　雨夹雪等于一年的期待
落成枝头上的绿
在记忆的底片上无比放大
破笼而出的思绪远飞而去

我在小巷蹒跚着遥远的黄昏

很想回头遥望一次
走过的路被可爱的孩子们
踩成一片荒凉

小鸟的雪

雪　越过漫漫寒冬
从白杨树上飘落
不飘不落的是枝头这只无名的鸟
偶尔鸣叫一声清亮而且深远

小鸟也在沐雪吗
我学鸟鸣叫　越学越像自己
使我凄然地发现
自己曾经会飞　现在会跑　将来恐怕只能会走

小鸟飞远了　不知栖于哪棵树上
一种说不清的孤独涌上心头
我将离去　感到雪的白杨树
有春天孵出

断翅的雪

雪　飞舞于我的眼底
一群最小的天使把黑夜染白
南来的春风掩盖了天籁
一阵眩晕　雪倒在空中

折断翅膀的雪徐徐降落
含着钻心的疼痛

雪　只剩下一把骨头
但心里的灯一直亮着

雪在点燃自己的刹那
便扑进了大地的怀抱
满地的雨都是雪燃烧的骨灰
那里有雪从未说过的话

小窗的雪

在这个飘雪的小城
所有的楼群都已漆黑
唯有一扇小窗还在亮着
本来并不遥远我却走了很久

渐渐看清小窗镶在楼角
淡蓝色的窗帘透出一缕轻柔的红
是为我而亮吗　眨眼间的对视
一切问候皆成多余

这个落雪的残夜　我一直席地而坐
把头埋进膝间静静守护
不管小窗是亮是熄
我的夜里夜外都有这片永远的淡蓝

灯笼的雪

我只是路过这里
不愿偷取一点印象

可这盏阳台上的灯笼

已印在心间　红得像家

我眺望灯笼下的树　树下的雪水

一枚熬过冬日的叶子

无风而落　浮于水面

而圆圆的灯笼沉入水底

我虽在旅途　但一直在想

某一个陌生而熟悉的小镇

会有一盏杜鹃红的灯笼

为我高悬

王陵的雪

我一直想看披雪的王陵

感受一家人围炉而饮的温暖

我最想听白发苍苍的智者

讲述党项人崇尚白色的梦

当夕阳的余晖涂遍王陵

谁能说一个王国曾经沉落

当时间的响声连天接地

谁能说一个民族已经消失

这是一场西夏的雪

辉煌之后的宁静无边无际

九只雪白而饱满的乳房

静静哺育着她的万千子民

融化的雪

雪在融化　化成浅浅的小溪
几乎没有声响地流着
溪水触到岸边的雪
便一点一点地带走

渗入土壤　钻进草根
带着阳光的味道
花朵的五彩缤纷
还有回到天堂的梦想

触到石头　向身上蹦跳几下
便绕道而去　于是石头有了四肢
成了一群卧着反刍的羊羔
并且睁大了眼睛

雪舞之心（24首）

高悬

我始终在想念你
从春暖花开之时
无论是途经城镇还是荒野
我都能感到你　悬在头顶

太阳　月亮和星星轮流出没
而你一直都在闪烁
风可以来自任何一个地方
但风吹不动你

只因与你分别而永留记忆
并伴我走过所有的道路
你盛开于柳芽　荷花与稻浪
又怒放于每一声鸟鸣里

渗入

在这个阳光下的山谷
我首先想到你的舞姿
铺天盖地地飘　无穷无尽地舞
而落在地上的全是影子

身边的野花反而远去

我感到你融化于手心的清凉
以一种决绝的方式渗入身体
带走我不知道却始终隐藏的尘埃

顿时　我轻盈了许多
重新踏上我们开辟的路
我可以说能感到你的芬芳
但我真的无法描述你的呼吸

倾听

当我看见一枚落叶时
知道你正在向我走来
长风把大地一片片涂成金黄
你仍旧走在我的头顶

仿佛是一只野兔一闪而过
大喊一声你的名字　久久回荡
我顺便坐在一块石头上
轻风弹奏着阳光的琴弦

是的　面前的西山怀抱正午的阳光
被北风弹出雪的序曲
我一直听到日落
才想起要找一个栖身之处

吹散

山洞里的一夜由秋入冬
风和阳光都已谢幕

乌云笼罩天地
让我感到一种从未有过的亲切

我从乌云里看见荷花
缤纷的色彩渐渐被纯白取代
我可以说看见了六角形的雪花
不能说看见了你

乌云在翻滚　　乌云也会疼痛
只是从来不会说出　而风在到处哭喊
是的　　即将与你相见
真想让风把我吹散

蹒跚

乌云遮蔽着我的路途
使我不忍前行
只怕走出这一温暖的怀抱
更不愿把你留在身后

命中注定我不能回头
越来越猛的西风让我步履蹒跚
我可以停下来　　依旧发出风的回声
但风吹散了乌云

乌云里的你还在前面
在一个长风触及不到的地方
一盏永不熄灭的风灯
为我铺下一条光芒之路

冻僵

一万里晴空令我沮丧
一千里荒野让我无泪
寒风依旧　发出枯草的声音
我一直向你走去　却又离得越来越远

行进之中　我听见风声中的犬吠
随后看见一群牧归的羊群
一间孤零零的土坯房
还有一团令我落泪的云

火炉　羊肉　烈酒
我竟然不知道你的到来
推开房门却被你冻僵
清晨的雪地反射着阳光

冥想

我独自走在枯黄的旷野
起初是几朵零星的小花
接着是你天地一体的飘舞
把我舞成你的一部分

舞累了　我们静静地躺在大地上
等待着春天的融化
然后走进任何一株小草
开出五颜六色的花

我不知道在门口站了多久

还没有想好与你相见的方式
你却突降于夜间
并且封锁了我西行的路

告别

挥别了僵立过的门口
猛然觉得我是土坯房的儿子
含着泪水名叫小雪的女孩
让我不敢回首

我走得沉重而又艰难
可积雪只是堆在一起　与你无关
你仍然在我头顶的前方
一个绝美的白色之影

当我在雪地上走出一首告别的歌
便把身体交给温暖的雪野
雪花啊　请你再次飘扬
我要在无边的天空与你共舞

拥抱

我一路西行不曾与你共舞
万般无奈之下　我想到了风
也只有风才能把你旋起
从海阔天空的睡姿中

一瓣瓣雪花扑到脸上
一阵阵清凉之后是我脸庞的燃烧

是泪水回到眼眶的无奈
是相见恨晚的疼痛

雪花啊　你从天空来到大地
互相碰断了翅膀
就是为了紧紧地抱在一起
渗进干旱的土地

淹没

阵风过后　雪野显出巨大的静
在这种笼罩的纯白之中
起初还能感到自己的呼吸
以及你留在眼底的舞姿

随后便是被淹没的无助
我站在雪野并且不断下陷
无形之力从四面八方向我涌来
一座雪山越长越高

来自雪野的静穿越了我
我回到曾经的同时也回到内心
心里有一朵晶莹透亮的雪花
放射着初升太阳的光芒

经过

村庄之外　你仿佛闪现于炊烟之中
映出山峦隐约而纯白的轮廓
山下是一片披雪的丛林

两棵大树越过了山峰

中间有一个树桩
上面没有积雪　仿佛有人坐过
雪覆盖了两排白杨树中间的小道
还有进入村庄的足迹

无边无际的白
显出一棵长在山头的沙枣树
树上没有雪花
但有一种声音隐约传来

暂停

就停在这里静静地想你
我站在一株被雪压弯的小树前
越过山坡上延伸的松树
以及似有若无的犬吠

褐白相间的栅栏掩映在树丛之中
几间瓦房兀立雪野　显得更加纯净
而一野白雪卧在羊的眼睛里
让我感到渗入骨髓的晶莹

一缕炊烟从青砖屋舍之顶徐徐升起
以远处的大山为背景
碰到几声喜鹊的鸣叫
升到回家的白云里

忆起

多么熟悉的一个村庄啊
莫非是我们初遇的地方
当年的雪花飘飘而下
我跑到院里　滚成了雪孩

玩累了　就躺在雪地上
望着雪花向我扑来
弯弯曲曲的降了又升的舞
似乎都在我身上

还有几朵落在我睁大的眼里
我眨了眼睛　却没有眨出泪水
那种无比清澈的浸入　我无法表述
至今也没有再现

恭请

是的　我在雪里滚大的院子
有一棵高大而招雪的梨树
可我走遍村子也没有找到
只惹出一片此起彼伏的犬吠

太阳高悬　我穿过梦幻反光的村道
一位蹲在墙角的老人送我西去
走上曾经的丝路
前方的山峦仿佛已被笼罩

骊歌十二行

237

雪花啊　我请黄昏镀亮你的全身
请西风轻拂你的六瓣衣角
请尘封的驼铃为你伴奏
请你只跳一曲胡旋舞

祈祷

一路上走走停停
依赖于我们相处的往事
天空阴过但没有雪飘
不知走了多久可已到年关

旷野的积雪越来越少　放眼望去
路基　石头　草木的阴面
透出被灰尘掩盖的白
让我感到云层里的你

我已过了三个无雪的年
三年的内心一直荒着
除夕将至　我站在西部的大地上
双手合十　望穿长空

同醉

这是除夕　我在一个小镇上等你
在一家旅馆里望着窗外
飘落的只有炸碎的鞭炮
雪可能下在更旱的地方

菜凉了　饺子仍在碗里

我面朝南窗　不停地与你干杯
好像你饮的是烈酒
我喝的只是白开水

清晨的鞭炮声把我吵醒
原来我在桌上趴了一夜
阳光洒满窗户　玻璃上
是一朵朵开得不能再大的雪花

无语

今年的老家会下雪吗
会让大哥把雪捏成馒头吗
沈家泉早已干涸
井台的辘轳快要成为文物

十八岁离开家乡
我在城里奔波了几十年
依然两手空空　回家过年
就是跪在坟地敬上几杯淡酒

今年向西　那里有你的召唤
有我不能割舍的一段历程
一条藏在雪中的小溪
还有一片快要睡醒的冬麦

珍藏

我梦见你向我飘来
说了一句令我激动不已的话

可我怎么也想不起来
下雪了的喊声把我惊醒

天亮了一点　大雪落在冰草湾
落在大年初四的夜晚
大姐一家人纷纷起床
比过年高兴　比祭祀庄严

一院子厚厚的雪啊
我们不堆一个雪人　不打一次雪仗
更不会在雪上踩出脚印
而是把所有的雪都扫到水窖里

起舞

立春了　我们还没有一次真正的相遇
我继续西行　始终仰望着你
从蓝天里望出一朵白云
从白云里望出一穹阴沉的天

下雪了　久盼的雪落在我身上
曾经想着要蹦跳　要疯跑　要翻滚
现在只剩下静静的伫立
和眼眶里不断的热

雪落在地上都成了雨
雪只在天空
我只跳了一下便腾空而起
紧握你的玉手翩翩起舞

消融

只有山谷才积了不少的春雪
此刻化成纤细如指的小溪
无声无息地流淌着
流向远处含苞的花朵

我望着溪水添着岸边
把雪带走并壮大了自己
而你端坐在石头之上
一任溪水向身上蹦蹦跳跳

于是　岩石的身体渐渐显现
犹如在水一方的坐佛
清澈见底的眼睛
无比慈祥地望着我

激活

这次我看清了你
你穿着洁白的八角连衣裙
戴着五彩缤纷的花环
浑身透出比月光更清的光

你的嘴角微微含笑
与你对视的瞬间
你激活了我内心一隅初恋的目光
一片电闪雷鸣

你舒展玉臂　兰花绽放

轻轻移动秀步　裙角生出白云
跳起了霓裳羽衣舞
顿时梨花纷飞　芳香弥漫

呼唤

在这里　夏日无雨　冬季无雪
只有常年浩荡的西北风
将油菜花盛开的土地扬为沙尘
你在西天默念真言

沙尘与风无关
风只是到处乱跑　带不走一朵雪花
是谁损伤了地皮
而谁又能抚平这遍野的鳞伤

只有雪　可雪被呼出的气所高悬
被另一种云层所隔断
连阳光都失去了往日的清澈
但谁也阻止不了我的呼唤

回望

于是　我再次回到内心
一边是寒梅正在盛开
似乎要把一年来积淀下来的红
全都怒放出来

另一边是雪花在飘扬
在阳光下如蜂似蝶地纷纷飞舞

舞累了就落在地上融化为水
汇成一条条歌唱的小溪

小溪渐渐变成红色
而你已是水上的一瓣红梅
是的　你可以游遍我的每一个角落
可你游不出我无边的爱恋

永在

一到惊蛰　地下冬眠的虫子
都能听见滚过天空的雷声
雪则开始了漫长的三季之眠
而我常常行走在雨中

又是无雨之季　幸亏那场春雪
把种子埋进了土壤
把冰草举出地面
把花朵顶到枝头

一滴水　一朵花　一颗麦粒
都让我感到你的芬芳
你不在此时　而在每一个时刻
你不在此处　而在任何一个地方

讲稿或诗歌创作浅释
（代跋）

引　言

首先我要感谢北方民族大学的老师，因为我平时的心思都在诗歌创作上，即使不写也没有停止思考。零星写过一些诗论，但并不系统，借此机会，我认真地在理论上进行了一番梳理，准备了课程。还要感谢来这里听课的同学们，你们对诗歌还有兴趣，而兴趣就是天赋，我也因此而看到诗歌未来的希望。

我一直记着这样一句话："当一个人回首往事时，不因虚度年华而悔恨，也不因碌碌无为而羞愧。"（奥斯托洛夫斯基）是的，诗歌创作是一项清贫而坚忍的劳作，与创作时间的长短无关，十年二十年甚至终其一生。当我们在未来的某一天回首往事时，尽管收获甚微，但起码我们没有虚度年华，而且为作为"第三种艺术"（黑格尔）的诗歌付出了青春、才华和心血，便足以自慰。

诗歌创作需要天赋，需要天生的感觉、想象、领悟、观察、发现等能力；需要文化底蕴，需要对中外文化遗产的刻苦钻研，总结诗歌创作的内在规律，经过一个较长的文化积淀过程，才有厚积薄发的可能；需要个性，需要高尚的人格魅力，并且不断地向真、向善、向美的修炼，向无私、救难、普世之境界的抵达。

我今天讲的主要是诗学的本体论部分，是对诗歌本身的认识、见解和观点，也可以说什么是诗歌的问题，什么是诗歌本质的部分。古今中外对诗歌的定义成千上万。我国古代把不合乐的称为诗，把合乐的称为歌，后世将两者统称为诗歌。孔子认为诗具有"兴观群怨"四种作用，陆机则认为"诗缘情而绮靡"，有人说"诗歌是有内在韵律的心灵之音"，也有人说"读史使人明智，读诗使人聪慧"。但一千个读者就有一千个哈姆雷特，每个诗人的心中都有一个诗的概念。我认为诗是以抒情的方式、独特的想象、简约的语言、音乐的节奏等创造审美的意境。

诗学方法论部分就是要解决为什么写、写什么、怎么写和怎么修改的问题，下节再讲。

而诗歌素养和创作谈两个部分相对浅显一些。诗歌素养是以诗歌情趣、诗歌感觉和诗歌鉴赏为核心的综合修养，同时也包括诗作、诗歌史、诗歌理论等方面的知识积淀，最终表现为对人性、人情、人道的感悟。创作谈是谈一下我创作《西夏史诗》时的一些感受。

但大家对诗歌的认知程度如何、读过多少诗作、是否写过诗等等，我都不大清楚，所以我们换个顺序，让我了解一下同学。我出三道题，大家以写纸条的方式回答：一是你认为诗是什么，二是以《落叶》为题写一首诗，三是提出与诗有关的问题。

感　觉

感觉是想象的基础，想象是感觉的飞翔。诗歌从感觉出发，经过想象提升、语言锤炼、结构全篇、创新求异等等，最后又回到了读者的感觉，即对某首诗的印象。

视觉、听觉、嗅觉等各种感觉之间相互交错，此起彼伏，稍纵即逝。比如我们感到的一片颜色、一些声音、一缕芳香等，那里都可能有诗存在。只是很多人错过了，而白居易被那一片颜色留住了匆忙的步履，便有了"一道残阳铺水中，半江瑟瑟半江红"（《暮江吟》）。也只有敏锐的感觉才能发现平凡生活中不凡的诗情画意。

比如一个人在城市的某个角落，在华灯初上的傍晚，静静地望着树荫笼罩下的一把椅子。这把椅子从何而来，谁在上面坐过，有过怎样的故事，这些均无从谈起，只有椅子知道。他为什么如此关注这把空椅子，他联想到了什么，是别人的故事引发了自己内心的伤感，还是椅子本身与自己有过一段刻骨的记忆？他站了很久，夜色渐浓，喧嚣淡出，他终于感到椅子空出的那部分。那部分正好是诗意的部分，是只可意会而难以言说的部分，是诗人所感到的大自然或者人们心灵的秘密。

与其说是人类创造了灿烂文化，倒不如说这些灿烂的文化都来自人类的心灵，所以感觉客观存在和感觉内心世界同等重要。

感　悟

感悟，就是有所感触而领悟。感触来自敏感的心灵，或者说只有敏感的心灵才能感到别人熟视无睹的事理；而领悟有渐悟和顿悟之分，是对所感事理的升华，都可抵达最高的境界。比如梵文 Buddha 的音译为佛，意译就是觉悟，所以佛即觉悟，觉悟即佛。世俗地说，觉悟低者自私为已，觉悟高者无私为众，所以觉悟与否是一个人精神贫穷与富裕的分水岭，觉悟到何种程度是一个人精神高度的标杆。诗人要有觉悟，其觉悟的高度决定其境界的高度，也决定其诗作的品位。

诗是感悟力的艺术，是对事物内在规律的综合呈现。有感有悟方能有所发现，发现客观存在而他人熟视无睹的美，写出别人意想不到的诗作。感受、领悟、想象、独创等，这可以说是一首诗诞生的过程。诗意无处不在，只是忙碌的生活遮蔽了我们的目光，永无止境的欲望尘封了我们的心灵，那么此刻是否要放下一些身外的东西，走向自己的心灵。

怎样回到自己的心灵，认识自我的本来面目，我以为需要的是反省，也只有敢于反省才有回归内心的可能。

有一次，佛印与苏东坡在林中打坐。佛印说："观君坐姿，酷似佛祖。"苏东坡看到佛印的褐色袈裟拖在地上，便说："上人坐姿，像堆牛粪。"佛印微笑不语。苏东坡得意之余将此事告诉苏小妹，得到的却是苏小妹的奚落："佛印心中有佛，看你似佛；你看佛印像粪，心中有何？"

这是一则传说，苏东坡在悟悍上逊色于苏小妹，是渐悟与顿悟之逊，但并未影响苏东坡成为一位大诗人，因为他具备其他众多方面的诗才。

是的，一个真善美的心灵，所看见的世界也是真善美的。所以从另一个角度来说，感悟事理，发现诗意，勇于独创，就是诗人向自己心灵的回归之旅，也是崇尚自然、回归人性、净化心灵的过程。反过来说，也只有一颗纯净无邪的心灵，才能具有敏锐的眼光，才能透过现实生活的表象，发现自然之美、天地之妙、人性之光，以及其中蛰伏的诗意。

想　象

诗是"想象的表现"（雪莱），"诗歌是想象和激情的语言"（布莱士列特），"没有想象就没有诗"（艾青）。诗的想象在于使触及的一切事物变形。安徒生在他的童话中写道，一个青年人因为写不出好诗而苦恼，于是他去找巫婆。巫婆给他戴上眼镜、安上听筒，他听到野李树在唱歌，马铃薯在讲自己家族的历史。

诗的想象是为了创造形象，创造形象就是要寻找情思的客观对应物，就是慢慢洇开的那一点。马雅可夫斯基曾在火车上，为了表示对同座的少女没有邪念，他说道："我不是男人，而是穿着裤子的云。"他随意说出了诗。后来，他用《穿裤子的云》作了一首诗的题目。

想象来自生命体验，来自生活回忆，更来自心灵深处。将过去、现在和未来融在一起，超越万物，超越生死，超越时空，将瞬间具体的体验化为普遍的永恒。只有想象，我们周围的事物才被赋予一种特质，犹如月光洒在大地之上。

从根本上讲，想象是诗歌的翅膀，就是要创造另一个时空。这个时间快似闪电，慢如花开；这个空间比针尖还小，比宇宙还大。从大地到月亮，从现在到秦汉，从一颗心到另一颗心，只在眨眼之间，一个新的世界便创造出来。所以我们在写诗的时候，与其说在写自由不羁的想象，倒不如说要创造另一个时空。

然而，想象是脆弱的，它的天敌就是经验。

抒　情

抒情一向都是诗歌的本质之一。诗在叙述之时常常抒情，抒情之际亦可叙述，二者往往相互渗透，相互融合。如果说叙述是流水，具有线条的连贯性；那么抒情便是行云，具有面积的弥漫性。一个是奔流的河，常与时间纠缠；一个是行走的云，常与空间关联。然而，不管是河流还是云雾，都具水性，行云流水便是我对抒情叙述的一种浅释。

叙述即流水。不管是迂回还是直泻，不管是清澈还是浑浊，关键在于作者为流水提供了怎样的大地，为漂流的人物注定了怎样的命运。

抒情即行云。云行则需风，针对作者而言则需要气息，抒情就是诗的气息，或一气贯通，或一唱三叹，抒情的氛围便如云雾弥漫。而气息的强弱则取决于作者内心的情感，以及对情感的适度把握——既能放开又有所节制。正如云雾，太浓则遮天盖地，太淡则一览无余。

比如“那夜／好凉／你我／相别雨中的小站／灯光稀疏／和着细雨洒落长长的站台”（朱安宁《雨别小站》）。这首小诗犹如抒情的墨点落在宣纸上，并且向着四面洇散而开。尤其是“那夜／好凉／你我”的另起成行，不仅在视觉上给人以独伫之感，而且使人感到一种《天净沙?秋思》的苍凉。这就是抒情的魅力，让人感到火车站台的悠长，感到秋雨的冰凉，感到灯光的若隐若现；让人联想到眼眶里的泪水，心中尚未说出的话语，何时才能相逢的无可奈何，最后只剩下一个轻轻的挥手，并且连这一挥手也被汽笛声无情淹没。但读者从中感到了美的历程和情感的分量。

所以，叙述是事件的流动，抒情是情感的弥漫。

语　言

诗的语言一直被误解，被看成表现情感的工具。实质上，诗性语言并不是为了表现什么，而是为了清除挡在我们与真物之间的东西——一种我们知道却看不见的东西。

我们首先需要认清，我们与真物之间充填着什么，并有多远的距离。比如我们看到一片竹林，"前松后修竹，偃卧可终老"（白居易）、"叶扫东南日，枝梢西北云"（李峤）、"宁可食无肉，不可居无竹"（苏东坡）等等诗句会在脑海跳跃，并遮蔽了我们的视线，甚至辨不清竹子的青绿。此刻，我们要走进竹林，看看竹子的颜色，摸摸竹竿的茎节，听听竹叶的声音，哪怕被竹子扎了手指，也是自己的感受，而不是被附加了意义的僵死的东西。

清除这些挡在我们与真物之间的东西，需要创建一种自我的全新的语言，并且体验自我语言的活动，自觉抵制其他语言的阻挠、干扰和侵略。如此以来，自我语言就有了原初性和独创性，有了风格与生命，并且超越生命——即存在于生命里，离开生命又存在于另一个生命之中。正如庞德所言，找出明澈的一面，不要解说，直接呈现。也就是说诗歌创作要遵从语言的指引，删除常识的、概念的、理性的等没有新意的东西，摈弃附在事物上的其他语言的象征意义，从而抵达真实的事物，直接呈示。因为万事万物本身就是一个自足的象征体，是一只鸟就说一只鸟便已足够。

意　象

天地间的一切事物，不管是日月星辰、风云雷电，还是飞禽走兽、花草树木等等，都是具有诗意的事物。诗人就是要把万物情思化，把情思具象化，从而达到主观情思和客观形象的融合，即意和象的浑然一体。在万物面前，诗人要心存敬畏，要看重万物的生命，感受万物的灵魂，让万物活在诗中。只有这样，当作者长眠，他诗中的万物还在呼吸，意象还在跳跃。

"它们生活在我们旁边，/ 我们不认它们，它们也不认识我们。/ 而它们有时和我们说话"（帕斯《物体》）。这里看似没有什么意象，没有时间的踪影，但谁能说这里没有意象和时间？意象已经融在"说话"里，"它们"已经具有了时间的性质——恒久性。帕斯去了，他用过的物体可能已被损坏，但他的这个《物体》依然完好如初。

庞德在《一位意象派者所提出的几条禁例》中，提出诗要具体，避免抽象；要精练，不用废字，不用修饰等等。他说一个意象要在转瞬间呈现给人们一个感情和理智的综合体，也就是说意象的形成意味着感情和理智融为一体。

现在我们再读庞德的《在地铁车站》："在人群中突现的这些脸庞，黑黝黝的潮湿枝条上的花瓣。"尽管这首被尊为意象派代表之作，追求的是一种绘画的美感。尽管我们联想到"黑黝黝"就是黑压压的人流，"潮湿枝条"就是雨中或雾中人们的身体，"花瓣"就是人们的脸庞，但也仅仅如此，我们还能从诗中感到什么？

是的，诗歌与雕塑、绘画等视觉艺术相比，其长处在于表达视觉艺术难于表达的或细腻、或奔放、或深沉的情感，以及形而上的一些理念。再如"枯藤老树昏鸦，小桥流水人家，古道西风瘦马，夕阳西下，断肠人在天涯"（马致远《天净·沙秋思》）。这也是一首典型的意象诗作，不仅形象丰富，而且意义深远。所以说庞德从中国古典诗词中学到了象，而没有学到意，或者说他未能将意象熔为一炉。

节　奏

诗歌节奏就是在朗读诗作时，声音所表现出来的或轻重、或缓急、或高低、或抑扬、或间歇的状态。节奏是诗人情感抒发的节拍，也是情绪流动的涛声。诗歌的节奏与呼吸、心跳有关，甚至能与生命融在一起。

　　小河的淙淙流淌，大海一浪一浪的涛声，森林里的阵阵风声，还有生活中的音乐，都让我们感到节奏的无处不在。要谈节奏离不开语言，因为节奏隐藏于语言之后。这也正是诗歌与小说、散文等文本的区别之处。但诗歌发展至今，歌的元素在不断减少甚至消失，只在歌词里尚有其迹，诗歌已经成为诗了。关键是诗的节奏也在减少甚至消失，我们现在读到的很多诗作，如果把诗行连接起来，就成了小散文或小故事，毫无抑扬顿挫之感。所以写诗不仅仅是写，而是要读，反复地读，直到读出节奏，再对语言进行修改，从而形成自己的诗歌节奏。

　　比如"撑着油纸伞，／独自彷徨在悠长、／悠长又寂寥的雨巷，／我希望逢着／一个丁香一样的／结着愁怨的姑娘"（戴望舒《雨巷》），这是一首现代汉诗节奏优美的典范之作，个中节奏的韵味在吟诵之中自然能够感到。

简　约

　　诗歌语言要力求简约，就是要节约用词而使语言更为简练，达到少即为多、以简胜繁、词少意丰的境界。反过来说也只有言词更少，其意义才更加丰富。比如"洁白的月亮从平静的海面上冉冉升起—月亮从海面升起—月亮升起—月升—月"，至此的"月"已不仅仅是月亮了，还有其他。

　　简约如同舍得，有舍弃才有获得。一个简约的心灵能让我们顺其自然、返璞归真、容纳天地，抵达精神上的富裕、平和与卓越。

　　老子说"少则得，多则惑"，孟子提倡由博返约，孔子有"大礼必简"之说，都在说明简约的重要性，并成为一种美学标准。我国古典诗词中广泛运用简约的创作手法，使文字表述的精简程度达到极致。比如

"采菊东篱下，悠然见南山"（陶渊明），虽然只有十个字，却使人感到诗人回归自然的恬静、淡然与和谐。

比如"大漠孤烟直"，首先，大漠是空的，除了烟别无其他，又因烟而更显空旷；再次，烟是孤的，尤其在大漠的背景下，孤里便有死寂的意味；第三，烟是直的，那么风就是停止的，这让人联想到一个顶天立地的身躯；第四，烟是活的，这个上升的烟引导我们感到烟之外的东西。这只有五个字的诗句，却有着如此丰富的内涵。而现代汉诗已经浩如烟海，但哪一句能达此境界？

自　然

一件诗歌精品的形成与雕刻有关，但是最忌雕痕累累。雕刻从本质上来说，是一个去伪存真、去巧存拙、去华存朴的过程，是通过雕刻或者修改在惯常思维写就的诗中去除雕痕，从而使作品达到浑然天成的状态。但现在很难读到一首"清水出芙蓉，天然去雕饰"（李白）的作品。在诗歌创作中还有一个最为突出的问题便是修饰，是比喻、拟人等修辞手法的滥用。试想在诗中去掉像、如、似乎、仿佛等这类词语，诗人将如何下笔？在这一点上，与古典诗词相比，现代汉诗是严重退化的。试举李白的诗句为例："犬吠水声中，桃花带露浓"、"山随平野尽，江入大荒流"、"笛中闻折柳，春色未曾看"、"楼东一株桃，枝叶拂青烟"等等。而在现代汉诗中往往用三四句诗来解释一句诗，从而丧失了简约，也就没有了含蓄、意境、韵味等古典诗词中最本质的成分，使诗成为非诗。

人是大自然中的一员，本性上是该生活在蓝天白云、流水潺潺、鸟鸣啁啾的绿荫丛中，但现实是无情的，不管是吃穿还是住行，天然的成分正在逐渐消失，诗歌亦然。正因为现实的无情性，正因为人类崇尚自然的天性，就要求诗人在面对现实的同时必须面对自己和人类所渴望的事物。那么把诗写得自然、朴素、真诚，乃至粗糙，用以消解现实的无情性，唤醒被物质所掩盖的人性，这不能不说是目前诗歌创作需要认真解决的一个美学问题。

独　创

后现代在付出了失去神性和灵气的沉重代价后，获得的是普通人的平凡性和现实性，诗人已转换成了写作者。但由此带来的是诗作个性的普遍缺乏。缺乏个性的诗注定是平面的、瘫痪的、没有生气的；没有个性的诗，那肯定是别人的诗。个性化是一个民族、一种文化、一种人类命运的诗化，是有别于其他诗歌文本的特质。

诗坛潮流汹涌，千诗一面，就是因为缺乏独创精神——诗作除了摹仿别人就是重复自己。"为人性僻耽佳句，语不惊人死不休"（杜甫）、"二句三年得，一吟双泪流"（贾岛）、"似我者俗，学我者死"（李邕）、"赋诗要有英雄气象。人不敢道，我则道之；人不肯为，我则为之，厉鬼不能夺其工，利剑不能折其刚"（谢榛）、"没有新的构思，没有新的创造，就不要动笔"（郭小川）等等，这些振聋发聩的名言有几人记得？

独创是诗歌的个性，是一首诗区别于另一首诗的特点所在。最具独创性的艺术莫过于诗歌，最具发现意义的莫过于诗人。第一个吃螃蟹的是诗人，而第二个吃螃蟹的只能是食客。

中国古典诗人深知独创的重要，他们自知突破屡举不第、怀才不遇、离别愁绪等内容和韵律、对仗、平仄等形式非常困难，便在诗句上用力，写出了大量过目难忘的绝妙佳句，这正是他们追求独创的智慧的结晶。想想"无边落木萧萧下，不尽长江滚滚来"（杜甫）、"念天地之悠悠，独怆然而涕下"（陈子昂）、"风萧萧兮易水寒，壮士一去兮不复还"（荆轲）这些诗句，我们不能解释，只能默默吟诵。在默诵中，既让人感到气吞山河、心怀悲悯、铮铮铁骨的个性，也让人听见一个民族的声音。

这些诗句之所以成为千古绝唱，其根本之处就是体现在诗的独创上。独创是一首诗在内容或者形式上显示出的特质。诸如在选材、结构、意象、手法等方面有所创造，对已有的诗歌类型具有革新意义，表现了人类生活的另一面或者与人类生活迥异的某些事物。独创内容及表达手法的和谐程度，是独创之作成功与否的美学标准。独创性还体现于独特的思想和高超的判断力，对待事物有着天生的感受和激情，并由此引发了与众不同的情感判断。大诗人的成功，在于其以独特的方法创造了诗歌之美，发现了诗歌本身所具备的强烈感染力的秘密。

　　写诗是不断积淀而厚积薄发的过程，尤其是到了不能不写之时，一个句子尚未写完，另一个句子已经涌出脑海，并有一两处神来之笔。那种在写作中所体验到的幸福，确有只可意会而难以言传之妙。这样的诗读起来才有精神的愉悦。

　　诗人从本性上不同于美术家、书法家和音乐家，根本一点在于诗人没有师承关系，也不愿崇拜他人，甚至目中无师。但现状是一批所谓的诗人，在某一个所谓大诗人的影子里蹒跚学步，从而放弃了独创，迷失了自我，甚至连他们本身的力量也被埋没。大诗人的作品可以阅读，但仅仅是让作品点燃我们的想象；而我们写作时，绝对要让大诗人站在一边，不要挡住我们的诗作接受自身光芒的照耀。

　　是的，要踏着荷马和李白的足迹前进，在他们饮过水的地方饮水，这已经足够。剩下的就是自己创作自己的作品，与别人无缘，与曾经无关。

体　验

　　写诗在一定的程度上说是对语言活动的一种体验，要说体验生活倒好理解，比如走向户外，观赏春花的烂漫，享受夏日的灿烂，踩着金色的落叶，或者沉醉于皑皑白雪。这样不仅能找到诗，还能拥有返璞归真的自然情趣，强化自己健康积极的生活态度。

但体验语言的活动首先要赋予语言以活力，这就关涉到写诗过程的境界问题。我以为有三个层面：一是诗人在写诗之时，有神来之笔。这个神来之笔可以说是大脑里突然跳出的诗句，也可以说是语言自身活动的表现。二是诗人在写诗，也被诗所写。我们把诗写到纸上或电脑里，但我们的言行举止、生活方式、人生轨迹等等也被诗所影响。三是并非诗人在写，而是诗本身在写。我们在生活中发现了一首诗，但写着写着却写到另一条路上，大大出乎我们的预料。尤其是在第三个层面所写的诗，会有神性的光芒不断闪耀。

比如"女儿在雪地里奔跑／女儿显然是被这少见的童话世界激动着／她一边奔跑，一边大喊着：雪——／我跟在女儿身后／大声地喊：雪——／晨练的人和送孩子上学的人／看着这一大一小乱蹦乱叫的怪物／先是惊愕，继而跟着我们奔跑"（王怀凌《在雪地里奔跑》）。

这看似一首在雪地里奔跑的诗，父女俩"一大一小乱蹦乱叫"，但实质上这首诗是诗本身在写。因为不管是实景还是虚拟，诗人可能都没有多想，即怎样在一首诗里显示诗歌本身的价值？怎样才能使这个世界少一些世俗媚态而多一些风雅颂？这首诗自身却做到了这一点：人们先是吃惊，把天真当作怪物，然后拂了一下心上的灰尘，继而跟着天使奔跑，跟着诗歌奔跑，跟着久违的美奔跑。

含　蓄

做人贵直，作诗贵曲。说的是写诗贵在含蓄，其本质特征是语近情遥，含吐不露。

含蓄有婉曲、寓托和隐现之分，还有词、句、意含蓄之别。"僧敲月下门"（贾岛）是炼字佳话，"语不惊人死不休"（杜甫）是炼句名言。然而最重要的是炼意，是全诗意境上的含蓄。

比如"风定花犹落"（谢贞），这里是风定，但不等同于风无；花好像在落又好像未落，落与未落都不确定，但都有可能。因此，花就活在落与未落之间，活在事物本身的状态里，活在主客之间似有若无的关系里，达到真正的"言有尽而意无穷"。

是的，语言是有局限性的。我一直记着曾在四川泸州时，在小径上与一位女孩擦肩而过，因为黄昏的光线较暗，她回首一顾的眼神显得无比明亮，并且饱含感情，连她的脸庞也显得非常美丽，但我一直无法用诗的语言来表达。真是"心头无限意，尽在不言中"。

"不着一字，尽得风流"（司空图）是诗歌含蓄的最高境界。

隐　忍

诗歌的直白无味已成诗坛的一大通病，从语言到意象一路直白到底。诗歌有其本身的规律，不管如何革诗之命，总不能把诗革成散文。艾略特说："诗歌不是情绪的发泄，而是情绪的逃避。"马拉美强调："诗只能暗示，如直呼其名，诗的享受便减去四分之三。"情绪的逃避是避免直接抒情，是要将情绪隐藏起来。

写诗是在有限的语言里提供诗意无限的可能性，用最简练的语言暗示最丰富的意味，也可以说是一个隐藏秘密的过程。

宋时，一次画院招考是命题作画，题目是一句古诗：踏花归来马蹄香。有一位考生画到：夕阳西下，一位英俊少年骑在一匹马上，马在奔腾，马蹄的周围是飞舞的蝴蝶。画题中的"踏花、归来、马蹄"容易用图画表现，但在画面上体现出"香"就难了。而这幅画以蝴蝶追逐马蹄，暗示马蹄踏过花瓣留有余芳，而把花瓣或者草原隐藏在画面之后。这样以来画面之后的花瓣可以是任何花、任何色彩、任何芳香。

有些诗虽然隐秘了，却插上一个"此地无银三百两"的牌子。诗人往往自我感觉才华横溢，把所感所思全部硬塞给读者，不留一丝一缕的空间。而读诗则是一个掘秘的过程，在与大地浑然一体的某一个地方，依据蛛丝马迹或者自我直觉，却意外地挖到了秘密，这是多么惊喜的事啊，是不容剥夺的读者再创造的权利。

海明威在谈小说创作时说过一句话："冰山在海里移动是庄严宏伟的，这是因为它只有八分之一露在水面上。"而诗歌创作，十分之一的冰山露在水面就已足够。在安徒生的童话《海的女儿》中，小人鱼救了王子却一直没有表白，也无法表白，从而使王子永远不知道是小人鱼救了他，还为他化成了泡沫。这正是小人鱼的崇高之处——隐忍。小人鱼隐忍着巨大的痛苦，却微笑着面对王子；小人鱼没有表白情思，却默默地奉献了她的爱情和生命，并为人类主动地承担了苦难。因此安徒生才是真正的伟大的诗人。

味　道

禅说："水中着盐，饮水乃知盐味。"提倡纯诗的结果是在去掉非诗成分的同时，也去掉了诗的成分，使诗歌平淡无味。导致诗作平淡而无思致的原因是多方面的，但主要是诗歌修养、文化底蕴和思想境界的不足。说一个人没有修养，便从根本上否定了他的人品；同样说一个诗人没有诗歌修养，也从根本上否定了他的诗品。很多人写过诗，也能写诗，但把诗写好却是少数人才能为之的。这除了诗歌本身的魅力而外，还与人格、激情、诗歌修养、文化积淀等有着深层的联系。

首先要有自己的诗歌观点，并构建自己的诗歌体系。不管古今还是中外，大诗人都创造了一套自己的诗歌理论体系。屈原"纷郁郁其远蒸兮，满内而外扬"，认为经过个体不断充实于内的善，当其表现于外时就成为美。欧阳修强调诗歌应当反映现实生活，要做到"意新语工"，能"状难写之景，如在眼前；含不尽之意，见于言外"。而西方有很多的诗人都是哲学家，如席勒、尼采、瓦雷里等，他们各自建构了一整套的诗化哲学理论体系。

是的，能从诗中感到意味，是读诗的一大幸事。贺拉斯曾说："一首诗仅仅具有美是不够的，还必须有魅力。"这就比如说，诗像一个美女，不仅长相要漂亮，身材要苗条，衣着要得体，关键是要有或典雅、或知性、或傲然的气质。而能让人感到的这种气质也就是诗的意味。

后现代主义认为不确定性就是对秩序的消解，传统诗学认为不确定性就是诗意的含糊性。比如："野园秋蝉起　暮霭微风／藏在古树之后的一只啄木鸟　哗啦了翅膀／就一下　林间空阔　如水际无涯"（安奇《微小》）。这是一首有味道的诗，但味道又是最难解释的存在，连个比喻都很难找到。比如尝过一种味道，我们根本无法形容，更无法说清。但味道一直存在于潜意识之中，平时处于被掩没的状态，只有当这种味道再次出现，才能唤醒曾经的味道，忆起曾经的往事。

意　义

庄子说："言无言，终身言，未尝言，终身不言，未尝不言。"还有言外之意、弦外之音、韵外之致等都在指向诗的意义。诗的意义就是语言的意义，但又不在语言里，而在语言之外。也就是说诗在语言之外具有时空的延展性，而由此延展出来的东西就是意义。

比如"大漠孤烟直"，这个上升的大漠之烟，我们不能将其视为表面之烟，烟已在烟以外的事物里，让我们感到烟之外的意义，即狼烟升起、号角吹响、将士集合、战马长啸等等。

再如一则禅宗公案。问：如何是佛？答：麻三斤。这可以说是庄子"言无言"的另一种形式。回答没有？可以说回答了，也可以说没有回答。但没有回答并非不知道。这里有一种语言的超越问题，也正因为这个超越才让人感知到：道无处不在，道不可言说，言说即局限。

又如，问：如何是佛法大意？答：春来草自青。回答了没有，好像没有，但又回答了。因为春天来了，草就青了，这正是自然规律，是自然之道，也是佛法大意。

维特根斯坦也说，"确实有一些东西是不能用言语表达的。它们使自身显示出来。它们是神秘的东西。"他在早期哲学探索中，贯穿着这种思想线索：透过语言看世界，通过对语言的分析达到对世界的分析，使"有意义"成为他哲学研究的主题，让不可言说的东西显示出来，比如宗教、伦理等问题。

境　界

境界，包括思想觉悟和精神修养两个方面。境界有高低之分，也有大小之别，就像 VCD 和 DVD，前者读不了后者，后者却能兼容前者。

道教有地界、人界和天界三个境界，佛家有欲界、色界和无色界三个精神层次。而参禅的三重境界：起初看山是山，看水是水；有所悟时看山不是山，看水不是水；彻悟时看山还是山，看水还是水。还有自然、功利、道德和天地四个境界之说。

苏东坡在江北瓜洲任职时，其衙门与佛印住持的金山寺只有一江之隔。有一天，苏东坡作了一偈，"稽首天中天，毫光照大千；八风吹不动，端坐紫金莲。"个中的傲然脱俗不言而喻。佛印看后却在上面批了两个字："放屁！"苏东坡一看批语，立刻乘船过江，刚到南岸就见佛印已在江边恭候，便上前责问："为何秽语相加？"佛印一脸的若无其事："何以此言？"苏东坡说："你的批语不是秽语吗？"佛印哈哈大笑："你不是'八风吹不动'吗？为何一屁过江来？"苏东坡听后自愧弗如。

这虽是一则禅宗公案，显示的却是苏东坡和佛印习佛参禅的境界。

王国维所谈的三种境界，其前提是"古今之成大事业、大学问者"，但对诗歌创作所达到的层次并不适宜。现归纳出五个境界：

第一，掬水月在手，弄花香满衣。以手掬起清水，月亮留在手上；轻轻触及花瓣，满身皆是芳香。身处美景，以我观物，陶醉忘返，借景抒情。这一境界可概括为"我观物"。

第二，山花开似锦，涧水湛如蓝。这虽是两个比喻句式，但用现代汉语表述却有着难度。正如法融所说的"恰恰用心时，恰恰无心用；无心恰恰用，常用恰恰无"。然而，无论山花怎样盛开、开成什么形状，无论涧水怎样流淌、流得多么清澈，都是大自然真理的再现，更是物我难分、人境如一、主客统一的体现。当肉体死去，灵魂却化成山花依然绽放，化为涧水潺潺流淌，依旧在大千世界显示真理，从而显现出艺术生命的价值。这一境界可概括为"我是物"。

第三，两头俱截断，一剑倚天寒。两头就是生死，要将这两头全部截断，就是要切断生与死的二元对立，切断甘与苦、得与失、成与败等相对认识。生时随心而生，不与死亡相比，只要生的这一段；死时坦然面对，不忆生命甘苦，只是含笑九泉。只有切断二元认识，才能领悟到生命的真谛，认清真正的自己，如冰雪天地上一把直指苍穹的剑。我就是我，就是敢于独创的我，就是独一无二的我，而且要有一种天上天下唯我独尊的气概。这一境界可概括为"我是我"。

第四，少女棹孤舟，歌声逐水流。一个少女在江面上荡着小舟，她的歌声和水一起流动。这是拙劣的翻译，诗意尽失。诗不可翻译却可理解，只需闭上眼睛默默吟咏。在这句诗里，主体的诗人已经隐去，但诗人可以是少女、歌声、孤舟或者水流，也可以是读者想象中的轻风、夕光、蛙鸣或者犬吠。这便达到了中国传统诗学所认为的最高审美境界——天人合一。这一境界可概括为"我无我"。

第五，空中一片石，黄河无滴水。尽管人类创造了十分丰富的语言，但人生在世，总有一些感受、心绪、情境等难以或者不能用语言来表述。老子说：道可道，非常道。庄子说：言不尽意。禅说：莫道无语，其声如雷。施勒格尔说："最高的东西人们是无法说出来的，只有比喻地说。"也有人说："所有的比喻都是蹩脚的。"这些都肯定了一种可以感到却无法言说的东西，一种存在于人与人、人与万物、人与时空之间的诗意。一位日本女诗人千代写过一首俳句："啊，牵牛花！／把水桶缠住了，／我去要水。"六月的早晨，千代到屋外打水，发现放在井边的水桶被盛开的牵牛花缠绕着。在太阳升起之前，牵牛花的开放极其娇美，紫色的花瓣含着露珠，鲜艳夺目而且无比娇嫩。千代只是一个乡下女人，她完全可以把牵牛花从水桶上解下来，打上水回家就是。但她没有这样做，没有用手伤害牵牛花怒放的美，没有用语言亵渎牵牛花绽开的神圣。这一境界可概括为"我无言"。

这五种境界有无高低，因人而异，因诗不同。

意　境

王昌龄说，诗有三境：物境、情境和意境。而意境融合了物境和情境的精华，是主观情思即意的具象化与客观世界即境的心灵化的融合，是情与景、虚与实、神与形的完美结合。意境是诗的灵魂。意境的创造，是诗人意寻境的实践活动。

意境与意象的区别在于境与象的区别，是共相与具象、整体与个别、普遍与特殊的区别。

评论一首诗词的优劣，主要看其意境的审美。一首好诗或意境高远，或回味无穷，或令人联想，或给人启示。而缺乏意境美的诗，或视野狭窄，或格调低下，或浅露直白，或平淡无味。

比如"悄悄的我走了，正如我悄悄的来；我挥一挥衣袖，不带走一片云彩"（徐志摩《再别康桥》）。感受这首诗的意境，我们可以边读边闭上眼睛，而出现在眼底的那个场景，实际上就是意境。我们闭眼感受一下"挥挥衣袖，不带走云彩"，似乎看到了西天飘荡着云彩，河畔的垂柳被镀上了一层金色，在轻轻摇曳，倒映在水中的影子，仿佛一位美丽的新娘。尤其是这位新娘的艳影在诗人的心中荡漾，这正是该诗的核心所在。这样的离别能不感人吗？其后是做不了水草、寻不到梦、放不成歌，只有沉默的夏虫和康桥，非常巧妙地烘托出与新娘离别的无比惆怅。

所以，在诗歌创作中，不管是语言、意象、抒情、结构等，都是为了意境的描述、营造或者独创，为了这个灵魂而进行的一番情思活动。灵魂无法阐释，但我们可以通过诗的其他元素而感知灵魂的存在。反之，一首诗没有灵魂，也就是说没有意境，不过只是一堆分行文字而已。

思　想

　　古人云：诗言志。志就是志向、报负、愿望等。而诗歌创作中的思想，也可以说是观点、倾向、或者情感。就像一个苹果的核，横向切开后才能发现里面的五角星。

　　诗人们谈诗怕谈思想，觉得思想过于高深。但思想本身只是一个词汇，不过在应用这一词汇时被附着了很多的象征意义。现在让思想回到其本身，思想就是所思所想，就是心上的田和心上的相，就是古典的境由心造与相由心生。在诗人的眼里，一只小鸟、一朵桃花、一条河流也会思想，只是人们不懂它们表达思想的言行方式而已。

　　诗歌不能没有思想，没有思想的诗歌就是没有语言，只是字词的堆积。因为思想要结晶并隐藏于语言之中，所以思想才是诗歌真正的核心。

　　诗人的思想决定着境界的高低和诗作的深浅。一个优秀的诗人会写出令人过目难忘的佳句，具有与众不同的感觉、想象和发现能力；一个杰出的诗人一定是诗歌理论家，对诗歌艺术有着独到而深刻的见解，并形成自己的诗歌观点；而一个伟大的诗人一定是一个思想家，对客观存在和内心世界的认识形成一个完整而独立的体系。比如屈原、李白、苏东坡、毛泽东等，他们不仅创作了大量的诗词佳作，开创了一代诗词之风，而且对客观存在的深刻见解独成体系，并且影响深远。

　　是的，诗人就像一朵梅花，是天地间柔弱而易凋的东西，但因为能思敢想，才有了傲视冰雪的品格、尊严和力量。而使思想丰富并强大的途径，无非是读书万卷、行路万里，因为学识形成观点，经历决定想象。

时　间

　　诗歌创作作为一种艺术的思维方式，除了对可能性的呈示而外，有其向后性的特点，即对已经消逝或正在消逝的事物的怀念，对人类生活和自己往事的回忆；并依据种族记忆、传承密码、情感链接等内在途径返回生命的源头，从而激活遥远的原型而发出一万个人的声音。这种声音便是原音，具有本真、朴素、自然的要素。

而这里隐藏着一个元素，这就是时间，往往被赋予了其他的含意。比如春天，与时间有关，也会让人们想到花的盛开。所以在诗中，时间是以雨霜雪冰、花开叶落、日暮月升等形式表达的，更是以轮回的方式反复出现的。这就是我们读到唐诗中的月亮也感到亲切的缘故，因为"今人不见古时月，今月曾经照古人"；反过来说，我们抬头望月，自然就想起了李白。

诗中的时间是具象化了的时间，是以一朵花或者一滴雨而代替，一朵盛开的丁香肯定比四月更接近诗歌。所以，诗从本质上讲是要取消作品里的时间性。一是抽象的时间缺乏诗意；二是消除作品中的时间性，就意味着延伸了作品的艺术生命力。

作为诗人，在时间的意义上，必须站在人类未来的巅峰俯视现在，为众人指明精神前行的方向，并且持久地慰藉人们的心灵。比如人们未来的家园建立于天蓝水清、鸟语花香、麦黄草绿的大地上，人们过着夜不闭户、路不拾遗、四海升平的日子，那么我们就要为这一目标而奋斗，并且抵制与其相悖的东西，不管经历多少挫折，哪怕是面对死亡也决不退却。

（本文系作者于 2010 年 6 月为北方民族大学文学班准备的讲稿）